A SPELL TO TELL- DEUTSCHE AUSGABE

LEMON TEA COZY MYSTERIES

LUCY MAY

Für all jene, die an Magie glauben.

KAPITEL EINS

»Bist du bereit dafür?«, fragte ich Daphne und atmete ein paar Mal tief durch, um mich zu beruhigen.

Sie lächelte. »Mädel, darauf warte ich schon seit drei Monaten. Ich hätte nicht gedacht, dass dieser Moment jemals kommen würde. Ich glaube, mir war gar nicht klar, wie viel Arbeit es sein würde, den Laden in eine Bäckerei zu verwandeln. Ich dachte, wir bräuchten nur ein paar Öfen und Spülbecken und dann einige Sitzgelegenheiten im Gastraum. Das hier war jede Menge Arbeit.«

Lächelnd sah ich mich im winzigen Gastraum unserer neuen Bäckerei um. Heute war unsere große Eröffnung. Ich war nervös und aufgeregt zugleich.

»Ist die Kasse einsatzbereit?«, fragte ich und ging eine mentale Checkliste durch.

»Ja.«

»Tische sind geputzt, Theke mit den Beilagen ist aufgefüllt, die Auslage ist fertig«, murmelte ich, während ich mich im Kreis drehte. Alles musste einfach perfekt sein.

»Alles ist gut, Violet. Das wird großartig. Nach unserer Test-Eröffnung letzte Woche wird in der Stadt schon getuschelt. Das wird ein Riesenerfolg! Bist du bereit?«

Nach einem weiteren tiefen Atemzug schloss ich die Augen und fasste mich. »Okay, ich bin bereit. Auf geht's.«

Sie legte den Schalter für das Neonschild mit der Aufschrift »Geöffnet« um und damit war unser Geschäft offiziell eröffnet. Wir standen beide mitten im Gastraum und starrten auf die Eingangstür. Daphne brach in Kichern aus.

»Ich glaube nicht, dass es einen Massenansturm geben wird.«

Ich lachte mit ihr. »Nein, wahrscheinlich nicht. Das war ein bisschen ernüchternd.«

Sie kicherte erneut, als sie hinter die Theke ging und ihre Position an der Kasse einnahm. »War das in deiner anderen Bäckerei auch so?«

Ich schüttelte den Kopf. »Nicht wirklich, aber die habe ich in einer größeren Stadt an einer belebten Straße eröffnet. Da gab es schon vor der Eröffnung viel Gerede. Die ersten Tage waren wir vollkommen überrannt und dann ließ es nach. Zum Glück zog das Geschäft nach etwa einem Monat wieder an und nahm stetig zu. Es hat eine Weile gedauert, bis es sich herumgesprochen hatte. In diesen Räumlichkeiten waren schon so viele Cafés und andere Läden gewesen, dass uns anfangs niemand ernst genommen hat.«

»Tara wird das großartig machen. Sie schien ziemlich aufgeregt zu sein, das Geschäft Vollzeit zu übernehmen«, sagte sie und bezog sich dabei auf meine Geschäftsführerin der Bäckerei, die ich bei meinem Umzug zurückgelassen hatte.

»Ja, sie wird fabelhaft sein. Sie ist seit über zwei Jahren meine Assistentin. Sie ist mehr als bereit, den ganzen Laden zu schmeißen. Ich konnte ihn nicht schließen. Dieser Laden war mein Baby. Ich habe ihn so lange gehegt und gepflegt, ich konnte ihn nicht aufgeben.«

Daphne grinste breit. »Jetzt bist du offiziell eine Kette!«

Ich lachte. »Ich weiß nicht, ob zwei Bäckereien eine Kette ausmachen, aber falls ja, bist du ebenfalls ein Teil dieser Kette.«

»Divine Desserts wird es bald in jeder Stadt geben!«, neckte Daphne mich.

»Ja, lass uns mal nicht übermütig werden«, warnte ich.

Wir standen beide hinter der Theke und warteten auf unseren ersten Kunden. Ich kannte die Risiken, ein Geschäft in einer Kleinstadt zu eröffnen, aber Daphne war zuversichtlich, dass wir es schaffen konnten. Es würde kein boomendes Geschäft werden, aber ich war sicher, dass wir es rentabel machen konnten. Ich freute mich tatsächlich auf das langsamere Tempo, das eine Kleinstadtbäckerei mit sich bringen würde. Ich war vollkommen damit im Reinen, Acht-Stunden-Tage zu arbeiten anstatt zwölf oder mehr.

Als der erste Kunde durch die Tür kam, erstarrten wir beide. »Hallo«, begrüßte ich schließlich den älteren Mann, der die Kekse in der Vitrine genau musterte.

»Darf ich Ihnen eine Kostprobe anbieten?«, bot Daphne an.

Der Mann musterte die Auswahl an Keksen und entschied sich schließlich für ein Bäckerdutzend Schokoladenkekse. Daphne kassierte ihn ab, während ich die Auslage wieder auffüllte.

»Das war irgendwie angespannt«, flüsterte ich Daphne zu, als der Mann gegangen war. »Er sah nicht glücklich aus, so als hätten wir ihn gezwungen, hereinzukommen und Kekse zu kaufen.«

»Das ist nur der mürrische Gus. Erinnerst du dich nicht an ihn?«, fragte sie.

Meine Augen weiteten sich. »Er lebt noch?«

Das brachte sie zum Kichern. »Ja, er lebt noch. Er ist der Stadtgrummel und offensichtlich noch nicht bereit, seine Rolle in nächster Zeit aufzugeben.«

Ich nickte verständnisvoll. Gus war schon alt gewesen, als ich klein war. Das machte ihn jetzt beinahe zu einer Antiquität. Es war so lange her, dass ich ihn gesehen hatte, dass ich ihn nicht wiedererkannt hatte.

Die kleinen Glöckchen über der Tür bimmelten erneut. Wir blickten auf und sahen meine Mutter durch die Tür kommen. Sie sah sich in der leeren Bäckerei um, bevor ihr Blick zu uns wanderte, ihre Züge waren angespannt.

»Ein schleppender Start?«

»Das wird schon noch. Wir haben ja erst seit fünf Minuten geöffnet. Die Leute wissen vielleicht noch nicht einmal, dass wir hier sind«, erklärte ich und hoffte, damit sowohl meine eigenen Nerven als auch Daphnes zu beruhigen.

»Nun, es ist gut, dass niemand hier ist. Ich muss mit euch reden. Mit euch beiden«, sagte sie und ließ ihren Blick zwischen uns hin und her schweifen.

»Was ist los?«, fragte ich und nahm an, es hätte etwas mit dem Zirkel zu tun.

»Es gab einen Diebstahl«, verkündete sie.

Daphne und ich sahen uns an und dann wieder meine Mutter. »Ein Diebstahl?«

Sie nickte, blickte zurück zur Tür und beugte sich dann über die Theke. »Im Museum.«

»Lemon Bliss hat ein Museum?«, fragte ich verblüfft.

Meine Mutter verdrehte die Augen. »Oh, du meine Güte, Violet! Erinnerst du dich an gar nichts aus deiner Kindheit hier?«

Ich sah hilfesuchend zu Daphne. »Du weißt schon, das alte Museum. Es ist eigentlich ein altes Haus. Da drin ist nicht allzu viel, nur Zeug, das die Geschichte von Lemon Bliss zeigt«, erklärte sie.

»Ach so«, sagte ich. Auf ihren Hinweis hin erinnerte ich mich, den Ort besucht zu haben, als wir in der Grundschule waren. Es war klein und nur ein oder zwei Tage die Woche geöffnet. Es war nicht gerade eine Haupttouristenattraktion.

»Was wurde gestohlen?«, fragte Daphne.

Meine Mutter fuhr sich mit einer Hand durch ihr schwarzes Haar, wobei ihre Armbänder klimperten, als sie die losen Strähnen zurückstrich, die sich aus dem Knoten auf ihrem Kopf gelöst hatten.

»Mehrere Dinge, aber zwei bereiten uns ernsthafte Sorgen. Morgen Abend wird es ein Zirkeltreffen geben, um die Angelegenheit zu besprechen«, sagte sie mit leiser Stimme.

»Mom, hier ist niemand«, erinnerte ich sie.

»Ich weiß«, fuhr sie mich an, sichtlich gereizt.

Daphne streckte die Hand aus und drückte die meiner Mutter. »Wir werden da sein. Ich bin sicher, es wird alles gut. Sie brauchen sich keine Sorgen zu machen.«

»Wenn das nur wahr wäre«, murmelte sie, als sie vom Tresen zurücktrat.

»Möchtest du einen Donut oder einen Muffin?«, fragte ich in der Hoffnung, sie von ihren Sorgen ablenken zu können. Ich wusste bei meiner Mutter nie so recht, wie ernst ich sie nehmen sollte. Sie neigte zu Dramatik. Nur gelegentlich waren ihre theatralischen Reaktionen gerechtfertigt.

»Nein, danke. Ich muss mit Lila reden. Wir sehen uns dann morgen, Mädels, und viel Glück bei eurer großen Eröffnung. Ich werde auf jeden Fall weitererzählen, dass ihr geöffnet und bereit fürs Geschäft seid«, sagte sie und winkte, als sie hinausging. Das Klimpern ihrer Bettelarmbänder folgte ihr zur Tür hinaus.

»Das war seltsam«, sagte Daphne, als die Tür hinter meiner Mutter ins Schloss gefallen war. »Virginia regt sich eigentlich nie über irgendetwas auf.«

Ich zuckte mit den Schultern. »Sie ist immer noch wegen des Todes dieses Ermittlers für Übernatürliches in der Fabrik angespannt. Sie wartet seit Monaten darauf, dass das dicke Ende noch kommt. Ich sage ihr immer wieder, dass alles in Ordnung ist und sie sich keine Sorgen machen muss, aber sie ist felsenfest davon überzeugt, dass sie spürt, dass da etwas im Anmarsch ist.«

»Also, ich glaube, in der Hinsicht würde ich deiner Mom vertrauen«, sagte Daphne und runzelte die Stirn. »Ich hoffe nur, es ist nicht noch ein Mord.«

Wir wurden unterbrochen, als ein weiterer Kunde zur Tür hereinkam, gefolgt von einem stetigen Strom von Leuten in den nächsten paar Stunden. Die Verkäufe lichteten die Reihen der Kekse und Muffins erheblich, was bedeutete, dass es Zeit war, mit dem Backen anzufangen. Ich liebte das Backen und überließ Daphne nur zu gerne den vorderen Teil der Bäckerei, während ich mir die Schürze umband und mich an die Arbeit machte.

»Hey«, steckte sie eine Weile später den Kopf in die Küche.

»Hi. Wie läuft's da draußen?«

Sie schüttelte den Kopf. »Hast du auch schon mal bekommen, was du wolltest, und es dann bereut?«

Ich kicherte, während ich sorgfältig Muffinförmchen mit Teig füllte. »Japp. Ziemlich was los da draußen?«

»Wir sind bei den Keksen fast komplett ausverkauft. Ich habe auch gerade unseren letzten Blaubeermuffin verkauft.«

Ich nickte und zeigte auf ein Kuchengitter voller Blaubeermuffins. »Die da sind fertig. Im Ofen sind Erdnussbutterkekse, und mit den Chocolate-Chip-Keksen fange ich an, sobald ich diese hier im Ofen habe«, antwortete ich, ganz in meinem Element.

Daphne nickte und trug die Muffins nach vorne. Ich hörte das Glöckchen klingeln und wusste, dass ein weiterer Kunde hereinkam. Das war definitiv ein gutes Zeichen.

Die nächsten Stunden verbrachte ich damit, Muffins und Kekse zu backen und Fragen zu den Spezialtorten zu beantworten, die wir anboten. Daphne konnte mehrere Bestellungen an Land ziehen, hauptsächlich für Geburtstage, und eine Torte zum Hochzeitstag. Ich spürte, wie mir das anstrengende Tagesgeschäft zusetzte, und konnte es kaum erwarten, nach Hause zu kommen und die Füße hochzulegen.

»Darf ich die Köchin küssen?«, riss mich eine tiefe Stimme aus meinen Gedanken, gerade als ich einen Mürbeteigboden zurechtschnitt.

Ich lächelte und drehte mich um, um Gabriel Trahan anzusehen. »Da bist du ja.«

»Ich habe vorhin schon mal vorbeigeschaut, aber die arme Daphne sah aus, als wäre sie völlig überfordert. Ich dachte mir, ich komme wieder, wenn es etwas ruhiger geworden ist«, sagte er, beugte sich vor und gab mir einen schnellen Kuss.

»Es war die Hölle los.«

»Hier, ich dachte, du könntest das gebrauchen«, sagte er und reichte mir eine Tasse Kaffee vom Crooked Coffee, meinem Lieblingscafé hier in Lemon Bliss.

»Danke. Daphne plant immer noch, ihren Plan mit dem Café durchzuziehen«, lachte ich. »Vielleicht überlegt sie es sich nach heute noch mal anders.«

»Sie sieht aus, als könnte sie müde werden. Wollt ihr beiden euch Hilfe einstellen?«

»Das ist der Plan, aber wir wollten erst mal sehen, was wir wirklich brauchen. Diesen ersten Monat sind wir nur zu zweit. Meine Mom und ihre Freundinnen haben angeboten zu helfen, falls wir es brauchen. Wenn man bedenkt, wie viel an einem Dienstag los ist, werden wir sie diesen Samstag vielleicht brauchen«, sagte ich und schob ein Blech mit Keksen in den Ofen.

»Ich bin auch für dich da. Ich bin vielleicht nicht so hübsch wie die Damen, aber ein oder zwei Donuts kann ich auch verkaufen«, sagte er mit diesem vertrauten Grinsen, das es nie verfehlte, eine Welle der Wärme durch mich zu schicken.

»Darauf kommen wir vielleicht zurück, was bedeutet, dass du es vielleicht noch bereuen wirst«, konterte ich mit einem Augenzwinkern.

Er kicherte. »Ich lasse dich mal weiterarbeiten. Ich wollte nur vorbeikommen und dir viel Glück wünschen, aber ich glaube nicht, dass du das brauchst. Ich rufe dich heute Abend an, dann kannst du mir vom Rest des Tages berichten«, sagte er, gab mir noch einen schnellen Kuss und verschwand durch die Hintertür.

Ich nippte an meinem Kaffee und genoss den kräftigen Geschmack und den Koffeinkick. Ich hätte eine zweite Luft gut gebrauchen können, und das hier könnte genau das Richtige sein. Ich musste noch eine Menge Backwaren für morgen vorbereiten. Wir würden definitiv eine Aushilfe einstellen müssen. Im Moment konnte ich noch mithalten, aber ich wollte gewiss nicht ewig in diesem Tempo arbeiten.

»Ich bin so müde. Ich fahre direkt nach Hause, lasse mir ein heißes Schaumbad ein und trinke ein Glas Wein«, sagte Daphne, als sie durch die Küchentür kam.

»Haben wir schon geschlossen?«, fragte ich überrascht.

Sie nickte. »Es ist vier. Wir haben für heute offiziell Feierabend.«

»Oh, und jetzt wird aufgeräumt«, sagte ich mit einem Augenzwinkern.

»Oh nein, das ist doch ein Witz, oder?«

Ich schüttelte den Kopf. »Wir können es nicht so aussehen lassen. Das dauert nicht lange. Du kümmerst dich vorne drum, und ich mache hier hinten fertig.«

Sie murmelte vor sich hin, als sie hinausging. »Wer hat das nur für eine gute Idee gehalten?«

»Du!«, rief ich ihr nach.

Trotz der körperlichen Erschöpfung war ich energiegeladen. Der Tag war hektisch gewesen, aber ich blühte bei diesem Adrenalinschub auf. Ich wusste, dass es nicht immer so sein würde. Ich wollte den Moment auskosten, auch wenn ich so müde war, dass ich kaum noch stehen konnte.

Vor einigen Monaten war ich widerwillig nach Lemon Bliss, Louisiana, zurückgekehrt für etwas, das ich für einen vorübergehenden

Besuch gehalten hatte. Innerhalb kürzester Zeit hatte ich erfahren, dass ich eine Hexe war, die von Generationen von Hexen abstammte, war in die Ermittlungen eines verdächtigen Mordes in der stillgelegten Zitronentee-Fabrik verwickelt worden, die ich von meiner Großmutter geerbt hatte, und hatte wieder Kontakt zu ein paar alten Freunden aufgenommen. Ich war in meine Heimatstadt zurückgekommen, ohne die Absicht zu bleiben, nur um festzustellen, dass ich gar nicht mehr wegwollte.

Hey, ich musste Hexenkram lernen. Außerdem überredete mich meine alte beste Freundin Daphne, dass Lemon Bliss dringend eine Bäckerei brauchte und wir diejenigen waren, die das in die Tat umsetzen sollten. Dass unser »offizieller« Eröffnungstag ein Erfolg war, war ein echter Gewinn.

Ich warf einen letzten Blick durch die Küche und erklärte sie für sauber und bereit für den nächsten Morgen. Ich wollte früh kommen, um schon mit dem Backen anzufangen.

»Fertig?«, fragte ich Daphne, die gerade am Tresen Servietten auffüllte.

»Ja! Nichts wie weg hier.«

Wir gingen zusammen raus, schlossen ab und trennten uns dann. Wir waren beide zu müde für ein Schwätzchen. Während ich zu meinem Auto ging, dachte ich über den Besuch meiner Mutter nach und wie aufgebracht sie gewesen war. Ich hoffte, es war nichts Ernstes. Ich hatte keine Zeit, mir auch noch Sorgen um eine weitere Bedrohung für die Hexen in Lemon Bliss zu machen.

KAPITEL ZWEI

Es war zu früh. Noch vor wenigen Monaten war es eine solche Gewohnheit für mich, mit dem ersten Hahnenschrei bei Sonnenaufgang aufzustehen, dass ich es sogar schaffte, wenn ich müde war. Seit ich vor ein paar Monaten nach Lemon Bliss gezogen war, war ich aus der Übung gekommen. Völlig aus der Übung. Heute Morgen musste ich mich aus dem Bett zwingen. Jetzt, da Daphne und ich die Bäckerei eröffnet hatten, musste ich schnell wieder in die Gänge kommen.

Meine Augen waren noch etwas verschwommen, als ich aus dem Haus stolperte und zu meinem Auto ging. Ich wollte mich mit Gabriel im Crooked Coffee treffen, bevor ich zur Bäckerei fuhr. Für Kunden öffneten wir erst um acht. Das gab mir reichlich Zeit, schon ein paar Dinge vorzubereiten, bevor die ersten Kunden kamen.

Obwohl ich noch halb im Tran war, brachte mich allein der Gedanke ans Backen zum Lächeln. Ich liebte es zu backen. Obwohl ich meine Zweifel gehabt hatte, war ich jetzt, da wir die Bäckerei eröffnet hatten, überglücklich. Meine Welt war vor ein paar Monaten auf den Kopf gestellt worden, als ich für etwas, das eigentlich nur ein Besuch sein sollte, nach Lemon Bliss gekommen war. Ha! Aus meinem Besuch war so viel mehr geworden.

Ich war vielleicht müde, aber ich war froh, dass Lemon Bliss wieder mein Zuhause war und noch mehr, dass ich wieder backte. Ich ließ mein Auto vor dem Crooked Coffee ausrollen und blickte zu der riesigen Eiche hinauf, die in der Mitte gespalten worden war und dadurch schief gewachsen war. Kopfschüttelnd kicherte ich in mich hinein, als ich mich umdrehte, um ins Café zu gehen. All die Jahre hatte ich gedacht, ein Blitz hätte den Baum gespalten. Ich hätte nicht ahnen können, dass es ein schiefgegangener Hexenzauber war, aber damals hätte ich auch nicht ahnen können, dass ich selbst eine Hexe war.

»Guten Morgen«, sagte Gabriel mit einem Lächeln, als ich auf den Stuhl ihm gegenüber glitt. »Ich habe schon für dich bestellt.«

Mit einem dankbaren Lächeln schloss ich meine Hand um die warme Kaffeetasse und nahm einen Schluck. Ich liebte Koffein, ich liebte es wirklich. »Danke«, sagte ich mit einem Seufzer und stellte die Tasse ab. »Ich glaube nicht, dass ich es auch nur eine Minute länger ausgehalten hätte zu warten.«

»Hast du letzte Nacht etwas geschlafen?«

»Habe ich. Ich habe das Gefühl, dass heute mehr los sein wird. Ich will ja nicht gleich wieder weg, aber ich muss in der nächsten halben Stunde oder so zur Bäckerei«, erklärte ich und fühlte mich ein wenig schuldig, weil ich schon wieder zur Tür hinaushetzte.

»Wann stellt ihr eine Aushilfe ein? Ihr saht gestern beide total fertig aus.«

Ich lachte. »Ist das eine nette Art zu sagen, dass ich furchtbar aussah? Du musst wirklich an deiner Masche arbeiten. So kann man keine Frau umwerben.«

Gabriels Mundwinkel zuckte, als er zwinkerte. »Ich muss dich nicht umwerben. Ich hab dich ja schon.«

Ich spürte, wie meine Wangen heiß wurden, aber ich verdrehte die Augen. Gabriel war einfach zu charmant. »Mag sein, aber tu wenigstens so, als hätte ich gestern nicht schrecklich ausgesehen.«

Sein Grinsen wurde breiter. »Natürlich nicht. Du sahst nur beschäftigt und müde aus. Das ist alles. Ich werte das als gutes Zeichen. Erster Tag und ihr beide hattet viel zu tun.«

Ich konnte mir ein stolzes Lächeln nicht verkneifen. »Wir werden sehen, wie die ersten dreißig Tage laufen, und dann reden wir darüber, eine Aushilfe einzustellen. Wir können kein Geld ausgeben, das wir nicht haben. Es könnte sich heute oder morgen alles in Luft auflösen«, sagte ich.

»Ich liebe es, wenn du übers Geschäftliche redest.«

Das verdiente ein vollendetes Augenrollen. »Okay, danke für den Kaffee, aber ich habe nur noch ein paar Minuten.«

»Kein Problem. Wie geht es deiner Mom? Ich habe sie gestern gesehen und sie sah aus, als wäre sie wegen irgendetwas aufgebracht. Ist alles in Ordnung?«

Ich seufzte. »Ich weiß nicht. Sie war ganz aus dem Häuschen. Anscheinend ist jemand ins Museum eingebrochen und hat ein paar Sachen gestohlen. Ich weiß nicht, warum sie deswegen so ausflippt, aber ich soll sie heute Abend treffen.«

Langsam nickte er. »Ich habe von dem Einbruch gehört, aber ich dachte nicht, dass es eine große Sache wäre.«

»Ich wüsste nicht, wieso, aber sie scheint das jedenfalls zu denken. Unnötig zu erwähnen, dass Daphne und ich heute Abend zu einem weiteren Treffen einberufen wurden.«

»Oh, eines dieser geheimen Hexentreffen, von denen ich nichts wissen soll?«, fragte er mit einem Grinsen.

»Pscht, die bringen mich um, wenn sie wissen, dass du es weißt. Ich könnte verstoßen oder ausgepeitscht werden oder irgendein verrückter Zauber könnte auf mich gelegt werden. Ich weiß nicht, was Hexen anderen Hexen antun.«

Er zuckte mit den Schultern. »Ich glaube, sie wissen alle, dass ich es weiß, tun aber gerne so, als ob nicht. Vergiss nicht, Tante Coral gehört zur alten Hexengarde«, sagte er und bezog sich auf seine Tante.

Ich lachte über die Absurdität unseres Gesprächs. Es war schon ziemlich lächerlich, bei einem Kaffee über Hexen zu plaudern.

»Ich habe vergessen, dass wir in Lemon Bliss überhaupt ein Museum haben. Warst du jemals dort?«, fragte ich ihn.

»Nö. Hat mich wohl nie wirklich interessiert.«

Ich kicherte und nickte. »Ich war seit der Grundschule nicht mehr dort. Wenn ich mich recht erinnere, gibt es da ein paar Antiquitäten und Papiere und so was von der Besiedlung von Lemon Bliss. Ich weiß, dass meine Familie ein paar Sachen gespendet hat. Vielleicht ist meine

Mom verärgert, weil ein Familienerbstück gestohlen wurde«, überlegte ich.

Er sah nicht überzeugt aus. »Ich weiß nicht. Tante Coral schien auch ziemlich aufgewühlt deswegen zu sein.«

Ich kam nicht dazu, mehr zu sagen.

»Wie war der Eröffnungstag?«, fragte Sheriff Harold Smith, der neben unserem Tisch auftauchte.

Ich blickte auf und sah, wie er auf mich herabsah. Der Mann hatte eine intensive Art, mich anzusehen. Ich neigte dazu, das Gefühl zu haben, dass etwas nicht stimmte, wann immer er das tat. Verlegen fuhr ich mir durch die Haare.

»Er war großartig«, erwiderte ich und nahm einen Schluck Kaffee, um meine Nervosität zu verbergen.

Der Staub hatte sich erst vor Kurzem nach dem versehentlichen Tod in der Zitronenteefabrik gelegt. Während der Ermittlungen des Sheriffs hatte er mich die ganze Zeit unter die Lupe genommen, überzeugt davon, dass ich etwas über meine Mutter und ihre Freundinnen wusste, was er nicht wusste. Natürlich hatte er recht. Es hatte nur nichts mit dem Tod in der Fabrik zu tun. Es war die Tatsache, dass sie alle Hexen waren, die ganze Bande, mich eingeschlossen. Mit einem innerlichen Kopfschütteln konzentrierte ich mich wieder auf ihn.

»Ich nehme an, Sie haben von dem Ärger drüben im Museum gehört?«, fragte er in strengem Ton.

Ich warf Gabriel einen Blick zu und sah auf, nur um festzustellen, dass sich Harolds Augen wieder einmal in meine bohrten.

Ich räusperte mich und fand meine Stimme wieder. »Meine Mutter hat es gestern erwähnt.«

»Wissen Sie etwas darüber?«, fragte er.

»Nein, weiß ich nicht. Ich war die letzten Wochen ziemlich beschäftigt damit, ein Geschäft auf die Beine zu stellen«, sagte ich knapp.

Gabriel warf mir einen warnenden Blick zu, der mir sagen sollte, dass ich einen Gang runterschalten soll.

»Wenn Sie etwas hören, wäre ich Ihnen dankbar, wenn Sie es mich wissen ließen. Vielleicht schnappen Sie ja etwas in Ihrer kleinen Bäckerei auf«, sagte er und hielt dabei meinen Blick fest.

Der Drang, mit den Augen zu rollen, war überwältigend, aber ich kämpfte dagegen an, denn ich wusste, es war früh und ich war schlecht gelaunt. Ich hatte gerade mal eine halbe Tasse Kaffee intus. Um ein Verhör zu überstehen, würde ich viel mehr brauchen. Ich hatte seine Herumschnüffelei und seine kaum verhohlenen Andeutungen bezüglich meiner Beteiligung an dem Unfalltod in der Fabrik satt.

»Ich werde auf jeden Fall die Ohren offenhalten«, erwiderte ich höflich.

Nach einem weiteren Blick zwischen uns nickte er. »Danke«, murmelte er, wirbelte herum und ging zur Tür hinaus.

Erst da bemerkte ich, dass er nicht einmal einen Kaffee gekauft hatte.

»Das war seltsam«, flüsterte Gabriel.

»Er verhält sich seit ein paar Monaten merkwürdig. Ich habe immer das Gefühl, dass er mich beobachtet. Das macht mir Gänsehaut.«

»Was macht dir Gänsehaut, meine Liebe?«, sagte Lila, zog einen Stuhl heran und setzte sich zu uns an den Tisch.

Es hatte eine Weile gedauert, aber langsam gewöhnte ich mich an den völligen Mangel an Privatsphäre in Lemon Bliss. Es war ohnehin schon eine kleine Stadt, aber wenn man dann noch meine Mutter und ihre neugierigen Freundinnen dazurechnete, konnte ich fast sicher sein, dass sie auftauchten, wo auch immer ich gerade war. Ein Besuch im Crooked Coffee wäre keiner, wenn nicht jemand unsere gemeinsame ruhige Zeit stören würde.

»Sheriff Smith«, antwortete Gabriel. »Er hat Violet praktisch gestalkt.«

Lila schüttelte den Kopf. »Er beobachtet uns alle ein wenig zu genau.«

»Es ist einfach komisch«, murmelte ich.

»Mach dir keine Sorgen und lass dich von ihm nicht nervös machen. Wenn du nervös bist, verplapperst du dich leichter«, belehrte sie mich.

Gabriel fing meinen Blick mit einem kaum wahrnehmbaren Grinsen auf. Er schaute auf seine Uhr und verkündete, dass es für ihn Zeit sei zu gehen. Er hatte einen Auftrag in Ruby Red und wäre den ganzen Tag außer Haus. Er versprach, anzurufen, wenn er zurück war.

Sobald Gabriel gegangen war, beugte Lila sich nah zu mir. »Du kommst doch heute Abend?«, flüsterte sie.

»Ja. Ich habe ja keine Wahl, oder?«

Sie schüttelte den Kopf. »Nein, das hier ist wichtig.«

»Macht sich sonst noch jemand Sorgen wegen Harold?«, fragte ich.

Der Ausdruck auf ihrem Gesicht sagte mir alles, was ich wissen musste. »Es ist definitiv besorgniserregend, aber ich glaube, ich habe einen Plan.«

»Was hast du vor, Lila?«, fragte ich und fürchtete mich vor der Antwort.

Sie stieß einen langen Seufzer aus. »Ich werde einen Liebeszauber wirken.«

»Was soll das heißen?«

»Ich werde einen Zauber wirken, damit er sich in mich verliebt.«

Ich schnappte nach Luft. »Lila!«

Sie zuckte mit einer Schulter, als wäre es keine große Sache. »Der Funke ist ja schon da. War er schon immer. Ich werde die Flammen nur ein bisschen anfachen.«

»Verstößt das nicht gegen irgendeine Regel?«, fragte ich, schockiert, dass sie so etwas überhaupt in Betracht zog.

»Es ist zum Wohle des Zirkels.«

»Inwiefern?«

»Wenn Harold in mich verliebt ist, wird er für alles andere blind sein. Er wird keinen Verdacht schöpfen, wer wir sind, denn sein Fokus wird auf mir liegen. Ich opfere mich für das Team«, grinste sie. »Außerdem mochte ich Harold schon immer.«

»Wissen die anderen Bescheid?«, fragte ich, da ich wusste, dass meine Mutter mit ihrem Plan wahrscheinlich nicht einverstanden sein würde.

»Ich habe ihnen von meinem Plan erzählt. Sie sind vielleicht nicht ganz einverstanden, aber sie wissen, dass es die einzige Möglichkeit ist, den Kerl dazu zu bringen, sich zurückzuziehen. Er hat sich festgebissen wie ein Hund in einen Knochen! Er lässt die Sache in der Fabrik einfach nicht los. Er schnüffelt herum und das wird langsam gefährlich. Wir brauchen es *alle*, dass er sich ein bisschen abkühlt.«

»Da werde ich dir nicht widersprechen. Ich kam letzte Woche nach

Hause und er war am Haus. Er saß nur in seinem Wagen und starrte auf Omas Blumen. Es war sehr seltsam«, erzählte ich ihr.

Ich schauderte bei dem Gedanken an die Szene. Es war beunruhigend gewesen, und es war ja nicht so, dass ich die Polizei anrufen und melden könnte, der Sheriff säße in meiner Einfahrt. Glücklicherweise war er fast sofort wieder gefahren. Er hatte die Ausrede vorgeschoben, er wollte sich die Blumen ansehen, aber es fühlte sich für mich nicht richtig an. Mein Spinnensinn hatte gekribbelt. Ich fing an, diesem sechsten Sinn jetzt viel mehr zu vertrauen. Ich dachte mir, dass die Tatsache, eine Hexe zu sein, ihm vielleicht ein wenig mehr Wumms verlieh. Meine Mutter schwor darauf.

Sie schüttelte angewidert den Kopf. »Ich gebe diesem albernen Mann die Schuld, George, wie auch immer er heißt. Er soll verschwinden und uns alle in Ruhe lassen«, sagte sie und bezog sich dabei auf einen der übernatürlichen Ermittler, der sich für die verlassene Zitronentee-Fabrik interessierte, die mir meine Großmutter vererbt hatte.

»Auf jeden Fall. Ich kann nicht sagen, dass ich glücklich darüber bin, was du vorhast, aber ich glaube, du hast recht. Es ist vielleicht das Beste für alle. Wie lange planst du, Harold unter deinem Bann zu halten?«

Sie machte eine wegwerfende Handbewegung. »Ich weiß nicht. Ich schätze, bis sich die Lage ein wenig beruhigt hat.«

»Ich habe dir nichts vorzuschreiben, aber sei bitte vorsichtig. Ihr habt mich alle ein bisschen verrückt gemacht, was die Konsequenzen von Zaubern angeht. Ich möchte nicht, dass du irgendwelche negativen Folgen erleidest«, sagte ich aufrichtig.

Sie grinste. »Süße, wir haben die Sache mit den Konsequenzen vielleicht ein bisschen übertrieben. Mach dir mal keine Sorgen um mich.«

»Sei einfach vorsichtig.«

»Werde ich.«

»Ich muss zur Arbeit, Lila. Bitte sei vorsichtig, wenn du deinen Plan wirklich durchziehst. Wir sehen uns heute Abend«, versprach ich ihr, stand auf und machte mich zum Gehen bereit.

»Werde ich. Halt die Augen und Ohren offen. Die Dinge werden für uns alle bald ein bisschen wild werden«, warnte sie. »Sei auf der Hut.«

Ich sah sie an und wartete darauf, dass sie es genauer erklärte, aber sie hatte offensichtlich nicht die Absicht, das zu tun. Sie machte mir Angst. Waren wir in echter Gefahr? Ich musste in die Bäckerei. Vielleicht wusste Daphne mehr. Wenn nicht, musste ich bis heute Abend warten, um herauszufinden, warum der Einbruch ins Museum für den Zirkel so wichtig war. Ich konnte es mir nur vorstellen.

KAPITEL DREI

Daphne und ich gingen an diesem Abend mit einem mulmigen Gefühl zum Zirkeltreffen. Natürlich *musste* es ausgerechnet um Mitternacht stattfinden. Ich versuchte immer noch, mich an die ziemlich erstaunliche Tatsache zu gewöhnen, dass ich eine Hexe war. Doch die Neigung der alten Garde der Hexen – meiner Mutter und ihrer Freundinnen – alles so geheimniskrämerisch anzugehen, war ein bisschen lächerlich.

Wir waren beide nach einem weiteren anstrengenden Tag in der Bäckerei müde und wussten, dass sich morgen alles wiederholen würde. Wir hatten beide versucht, uns vor dem Treffen zu drücken, aber unsere jeweiligen Mütter hatten darauf bestanden. Da wir uns immer noch an das Hexendasein gewöhnten, hielten wir es nicht für klug, das Zirkeltreffen sausen zu lassen. Besonders nicht nach den Sorgen meiner Mutter über das, was auch immer aus dem Museum gestohlen worden war.

Also fuhren wir kurz vor Mitternacht zur alten Zitronentee-Fabrik hinaus. Das machte uns beide ziemlich mürrisch.

»Das ist doch Mist«, murmelte Daphne, als wir bei der Fabrik aus dem Auto stiegen. »Ich fasse es nicht, dass sie wegen dieser Museumssache so ein Theater machen. Was erwarten sie denn von uns? Können sie nicht einfach einen Zauber wirken und die Gegenstände wieder auftauchen lassen?«

»Hoffentlich wird es ein kurzes Treffen und wir können nach Hause und ins Bett kriechen«, antwortete ich mit einem Achselzucken.

Gleich nach Daphnes Seufzer gingen wir durch die Hintertür hinein, ohne uns die Mühe zu machen, unsere Augen an die Dunkelheit in der Fabrik zu gewöhnen. Daphne schaltete ihr Handy ein und wir nutzten das Licht, um uns zur Geheimtür zu führen, die durch einen Zauber verborgen war. Als wir die Treppe in den Keller hinabstiegen, konnten wir die Frauen reden hören. Sie waren offensichtlich in einer hitzigen Diskussion.

»Sollen wir warten?«, flüsterte ich.

»Nein. Ich will das hinter mich bringen«, sagte sie mürrisch.

»Wir sind da«, verkündete ich und betrat den Raum.

Alle vier Frauen hörten auf zu zanken und drehten sich zu uns um. Meine Mutter, Coral, Lila und Magnolia – vier beste Freundinnen, vier Hexen und die Frauen, die vor ein paar Monaten endlich mit ihrem Geheimnis über unsere Herkunft herausgerückt waren. Wie ich hatte auch Daphne ihre Hexenkräfte von ihrer Mutter Magnolia geerbt.

Die Gesichter der Frauen waren von Anspannung und Sorge gezeichnet – bei allen vieren. Du meine Güte. Ich konnte mich nicht an eine Zeit erinnern, in der ich meine Mutter so besorgt gesehen hatte. Sie neigte zwar zur Dramatik, aber das legte sich normalerweise schnell wieder.

»Endlich«, grummelte Coral. »Wir haben uns schon gefragt, wie spät Sie noch kommen.«

Ich öffnete den Mund, um eine bissige Bemerkung zurückzugeben, hielt aber inne, als meine Mutter leicht den Kopf schüttelte. Coral war normalerweise eine sehr angenehme Frau, und da sie Gabriels Tante war, wollte ich es mir nicht wirklich mit ihr verscherzen. Trotzdem war ich nicht in der Stimmung, mir eine Standpauke anzuhören. Wir waren eine Minute zu spät. Im Gegensatz zu den vieren hatten Daphne und ich Jobs.

»Nehmen Sie Platz, meine Damen«, deutete Magnolia auf den Sitzbereich.

Daphne und ich setzten uns zusammen auf eine der Couches und warteten schweigend darauf, dass eine von ihnen das Wort ergriff. Nachdem sie alles gestanden und zugegeben hatten, dass diese alte Zitronentee-Fabrik – die mir von meiner Großmutter vererbt worden war – seit Jahrhunderten der Ort für Zirkeltreffen war, hatten wir uns ab und zu zu Treffen hier eingefunden. Bevor die Fabrik hier existierte, stand an derselben Stelle ein anderes Haus mit derselben verborgenen Tür zu diesem Versammlungsraum.

»Worum geht es bei diesem Notfalltreffen?«, fragte ich und ermutigte sie, auf den Punkt zu kommen.

»Wir haben eine Situation«, begann meine Mutter. »Eine, die sehr ernst ist und sofort angegangen werden muss.«

»Der Museumsdiebstahl?«, hakte ich nach.

»Ja«, antwortete Magnolia. »Zwei sehr wertvolle Gegenstände wurden gestohlen.«

Daphne seufzte so laut, dass es der ganze Raum hören konnte. Sie machte ihre Verärgerung deutlich. Ich nahm es ihr nicht übel, aber es machte die Sache nicht besser.

»Die beiden gestohlenen Gegenstände sind wichtig für unseren Zirkel. Sie bergen unsere Geheimnisse«, sagte Coral von ihrem Platz in einem der leuchtend lila Ohrensessel. »Alles, was wir sind, könnte aufgedeckt werden.«

»Welche Gegenstände? Wenn sie für den Zirkel so wichtig waren, warum hat man sie dann im Museum gelassen?«, fragte ich, ein wenig verärgert darüber, dass wir es mit einer Situation zu tun hatten, die hätte verhindert werden können. »Warum wurden sie nicht hier bei den anderen Gegenständen versteckt?«

Magnolia und Lila sahen sich an, bevor sie zu meiner Mutter und Coral blickten. Ach du grüne Neune, wie meine Großmutter gesagt hätte. Dieses ganze Herumgeblicke, ohne dass viel dabei herauskam.

»Darauf gibt es keine gute Antwort«, antwortete meine Mutter. »Es war keine Entscheidung, die wir vier getroffen haben. Unsere Mütter und Großmütter haben dieses Museum gegründet. Sie haben sich entschieden, die Gegenstände für alle sichtbar zu verstecken, und ehrlich gesagt haben wir uns nie wirklich Sorgen deswegen gemacht. Das heißt, bis jetzt.«

»Okay. Und was machen wir jetzt?«, fragte ich.

Magnolia tätschelte meiner Mutter die Schulter. »Schon gut, meine Liebe. Wir kriegen das schon hin.«

Meine Mutter schien über die fehlenden Gegenstände aufgebrachter zu sein als die anderen. Ich fragte mich, ob sie für sie eine persönlichere Bedeutung hatten oder ob sie am meisten zu verlieren hatte. Neugier und Sorge kämpften in meinem Kopf miteinander. Ich war nicht gerade begeistert, hier zu sitzen, aber ich wollte nicht, dass meine Mutter sich Sorgen machte. Ich würde sie beschützen, so gut ich konnte.

»Die fehlenden Gegenstände«, begann Coral und holte tief Luft. »Einer davon ist eine Truhe. Nichts Besonderes oder so, aber sie enthält Verzauberungen, die für unsere Lebensweise sehr wichtig sind.«

»Verzauberungen?«, fragte Daphne.

»Ja, es ist eine Art von Zaubern. Die meisten Verzauberungen in der Kiste sind dazu da, unseren Zirkel zu beschützen. Sie wurden vor mehr als zweihundert Jahren erschaffen, als Hexen Schutz vor jenen brauchten, die jeden aktiv jagten und verfolgten, der auch nur andeutete, eine Hexe zu sein«, erklärte meine Mutter. »Die Kiste wurde von Generation zu Generation weitergegeben. Mit der Zeit kamen neue Verzauberungen hinzu.«

»Virginia, sag ihnen den anderen Teil«, sagte Lila besorgt.

»Die Truhe enthält auch böse Verzauberungen«, verkündete meine Mutter. »Es ist ein ungewöhnlicher Brauch, aber unsere Vorfahren dachten, es wäre das Beste, alles zusammen aufzubewahren.«

»Häh?«, antworteten Daphne und ich wie aus einem Munde und natürlich total geistreich.

»Ich schätze mal, das ist schlecht«, fügte Daphne mit einem schnellen Grinsen in meine Richtung hinzu.

»Sehr. Wenn die falsche Person diese Truhe öffnen würde, würde sie das Böse auf die Welt loslassen. Ein Böses, wie Sie es noch nie zuvor gesehen haben«, flüsterte Coral. »Schreckliche Übel. Hexenlinien, deren Kräfte gebunden wurden, weil sie die dunklen Künste praktizierten, könnten ihre Kräfte wieder einsetzen.«

Daphne schien plötzlich sehr besorgt. »Wissen die bösen Hexen, wer wir sind? Werden sie ihre dunkle Magie gegen uns einsetzen?«

Die vier Frauen sahen sich an und dann wieder uns. »Das ist möglich. Unsere Welt ist ein empfindliches Gleichgewicht zwischen Gut und Böse. Gute Hexen und andere Wesen kämpfen seit Jahrhunderten gegen jene, die auf der dunklen Seite stehen. Man könnte es als eine Art Krieg betrachten, und diese Truhe birgt einige der Siege. Sollte die Truhe geöffnet und diese Verzauberungen freigesetzt werden, wären nicht nur gute Hexen enttarnt, sondern die dunklen Künste würden mit Macht erfüllt werden.«

Ich nickte und kämpfte gegen das panische Gefühl an, das in mir aufstieg. Zu sagen, ich fühlte mich überfordert, war eine Untertreibung. Ach du meine Güte! Ich gewöhnte mich immer noch daran, eine Hexe zu sein. Ich hatte mir eingeredet, dass es in Ordnung war, indem ich mich auf all das *Gute* konzentrierte, das eine Hexe tun konnte. Ich hatte mich nicht darauf vorbereitet, die dunklen Künste und dergleichen abzuwehren.

Ich hatte keine Ahnung, welches Übel in dieser Kiste gefangen sein könnte, aber ich glaubte ihnen, als sie sagten, dass es nicht freigesetzt werden sollte. Ich hatte mehr als genug Filme darüber gesehen, was bei so etwas schiefgehen kann.

»Okay. Was tun wir?«, fragte ich in der Hoffnung, dass es eine schnelle und einfache Lösung gäbe. Ich konnte mir nicht vorstellen, die Welt nicht retten zu können. Was nützten Kräfte, wenn man sie in solchen Situationen nicht einsetzen konnte?

»Moment. Du kennst nicht die ganze Geschichte. Traurigerweise ist das noch nicht das Schlimmste«, fuhr meine Mutter fort. »Der andere gestohlene Gegenstand war ein Tintenfass mit Feder.«

Ich brach in nervöses Gelächter aus. »Ich will mir gar nicht ausmalen, was das Ding anstellen kann.«

Meine Mutter warf mir einen finsteren Blick zu. »Es ist ein sehr gefährliches Werkzeug. Es hat die Fähigkeit, Zauber zu lesen und zu schreiben. Das bedeutet, wenn es in den falschen Händen ist, könnte es als Waffe gegen uns eingesetzt werden. Es weiß auch, wann Zauber gewirkt wurden. Es droht, uns zu enttarnen.«

Ich schüttelte den Kopf. »Ich verstehe nicht. Wie ist das überhaupt möglich? Nein, warte, egal. Antworte nicht. Magie, richtig?«

»Ja, Magie«, antwortete sie.

»Sagen Sie mir noch einmal, warum so mächtige Gegenstände offen herumlagen, für jeden zugänglich?«, fragte ich und gab mir keine Mühe, die Frustration in meiner Stimme zu verbergen.

»Die Gegenstände gehören technisch gesehen nicht uns. Wir wussten, wo sie waren, und wir haben ein Auge auf sie geworfen. Wir brauchen sie nicht und wollen sie schon gar nicht, aber wir sind dafür verantwortlich, sie aus den falschen Händen fernzuhalten.«

»Wer würde sie stehlen? Glauben Sie, eine andere Hexe könnte sie wollen, weil sie weiß, was sie sind?«, fragte Daphne.

»Wir wissen es nicht«, antwortete Lila. »Ich kann Ihnen sagen, dass der Sheriff sich nicht sonderlich um die Gegenstände schert. Sie haben keinen Geldwert. Er leitet nicht einmal eine formelle Untersuchung ein. Er ist zu sehr damit beschäftigt, der lächerlichen Geschichte dieses übernatürlichen Ermittlers nachzugehen. Es liegt an uns, die Gegenstände zu finden und sie sicher zu verwahren.«

»Ohne dass jemand merkt, was wir tun«, fügte meine Mutter mit besorgtem Unterton hinzu.

»Und wie sollen wir das anstellen?«, fragte ich.

»Wir sind uns nicht sicher«, warf Magnolia ein.

Ich sah mich um und nickte. Jetzt verstand ich, warum sie alle so aufgebracht waren.

»Mist«, murmelte ich, nicht gerade begeistert davon, eine weitere Krise im Nacken zu haben. Wo war dieser friedliche, entspannte Lebensstil, den das Leben in einer Kleinstadt mit sich bringen sollte?

»Fürs Erste müssen wir sehr vorsichtig sein – keine Verzauberungen oder Zaubersprüche«, sagte Magnolia. »Wir wissen nicht, wer dieses Tintenfass hat. Wenn es beschließt, preiszugeben, wann ein Zauber gewirkt oder Magie angewendet wurde, riskieren wir unsere Enttarnung.«

Meine Mutter blickte zwischen Daphne und mir hin und her. »Keine Übungszauber mehr. Ich weiß, das wird ein kleiner Rückschlag sein, aber wir machen weiter, sobald das alles geklärt ist.«

Ich war ein wenig enttäuscht, verstand aber, warum es notwendig war. In den letzten paar Monaten hatten sie Daphne und mir einen Crashkurs in Hexerei gegeben. Ich hatte es gelinde gesagt sehr interessant gefunden. Daphne und ich hatten beim Lernen Spaß gehabt.

Wenn es darum ging, Dinge zu bewegen, hatten wir uns einen Wettbewerb daraus gemacht. Wer etwas schneller und weiter bewegen konnte, war der Gewinner. In diesem Bereich war ich etwas geübter, während Daphne besser im Wirken von Zaubersprüchen zu sein schien. Mein Versuch, eine welke Blume in eine prächtige Blüte zu verwandeln, führte dazu, dass sie starb und die Blütenblätter zu Boden fielen.

Ich hatte den grünen Daumen meiner Großmutter nicht geerbt, nicht einmal, wenn es um magische grüne Daumen ging. Zumindest schien das bisher der Fall zu sein. Wir lernten auch die Kunst des Verzauberns, die ein gewisses Fingerspitzengefühl erforderte. In dieser Abteilung neigte ich dazu, etwas ungeschickt zu sein.

»Gibt es irgendetwas, was wir tun können?«, fragte ich. »Ich meine, können wir auf die Suche gehen?«

»Wir alle müssen aktiv suchen«, fügte Lila hinzu.

»Woher wissen wir, wonach wir suchen?«, fragte Daphne.

Ausgezeichnete Frage. Ein Tintenfass und eine Truhe waren ziemlich allgemeine Beschreibungen.

Meine Mutter und Lila wechselten einen Blick. »Die Truhe ist alt. Richtig alt. Sie ist aus Holz und hat einige kunstvolle Muster in den Deckel geschnitzt. Das Schloss ist aus schwarzem Eisen«, erklärte Lila.

»Und das Tintenfass?«, fragte ich, nicht einmal sicher, ob ich wusste, was ein Tintenfass war.

»Suchen Sie es online«, schnauzte Coral. »Es ist ziemlich gewöhnlich, nichts Besonderes.«

Als Daphne ein Geräusch machte, hielt ich sie auf. Wir waren beide müde und gereizt. Die älteren Hexen waren gestresst und frustriert.

»Ich glaube, wir sollten alle nach Hause gehen und etwas schlafen. Wir werden alle nach der Truhe und dem Tintenfass suchen und auf Magie verzichten. Fasst das alles zusammen?«, sagte ich gähnend.

Alle sahen sich an, bevor wir uns alle darauf einigten, für die Nacht nach Hause zu gehen. Daphne und ich gingen zuerst, da wir wussten, dass die anderen ohne uns reden wollten. Das war schön und gut. Ich war zu müde, um mich darum zu kümmern.

»Kannst du das fassen?«, sagte Daphne, als wir in meinem Auto saßen. »Eine alte Truhe, die Verzauberungen enthält. Ich meine, die reden darüber, als wäre es die Büchse der Pandora.«

»Glaubst du, das ist echt?«, fragte ich.

»Ich weiß nicht. Ich will einfach nur nach Hause, ins Bett und mir morgen über geheimnisvolle Truhen und Tintenfässer Sorgen machen«, sagte sie und lehnte den Kopf zurück.

KAPITEL VIER

Der folgende Tag war nach dem Zirkeltreffen wieder sehr geschäftig. Daphne und ich waren beide von unserer langen Nacht total erschöpft, aber die Angst vor dem drohenden Bösen gab uns Energie. Ich hatte gebacken und gebacken und noch mehr gebacken. Wir bereiteten uns auf das Wochenende vor, sodass uns keine Zeit blieb, um darüber zu reden, was unsere Mütter uns erzählt hatten.

Während einer Flaute am Nachmittag schlenderte Daphne in die Küche. Ich lehnte mich hinten gegen die Backtheke und nahm einen großen Schluck von meinem inzwischen kalten Kaffee.

»Hältst du noch durch?«, fragte ich und musterte ihr leicht zerzaustes Aussehen.

Sie nickte und gähnte. »Ja. Ich gehe heute Abend um sieben ins Bett. Ist mir egal, ob ich dadurch alt wirke. Ich bin total erledigt. Ich glaube, mir war nicht klar, wie viel Arbeit das sein würde.«

»Das wird schon besser«, sagte ich ihr mit einem Lächeln. »Wir werden uns schon einspielen und bald wird das für uns ein ganz normaler Tag sein.«

Sie kicherte, »Wenn du meinst.«

»Doch, das meine ich. Hast du heute überhaupt mit deiner Mutter gesprochen?«, fragte ich und brachte damit das heikle Thema zur Sprache.

»Nein. Du?«

Ich schüttelte den Kopf. »Nö. Ich dachte eigentlich, sie würden vorbeikommen. Vielleicht nehmen sie uns nach Feierabend gemeinsam in die Mangel.«

»Es ist wirklich ein einziges Chaos. Die eine Hälfte von mir, der Teil, der immer noch nicht so recht an all das Übernatürliche glaubt, findet, dass sie total überreagieren. Die andere Hälfte von mir hat Todesangst. Als ich letzte Nacht endlich einschlafen konnte, habe ich nur noch an böse Geister gedacht, die unsere kleine Stadt Lemon Bliss heimsuchen. Ich habe mir Kobolde und Dämonen und jede andere schreckliche Kreatur vorgestellt, von der ich in Büchern gelesen oder die ich in Filmen gesehen habe«, sagte sie.

»Ich kenne das Gefühl. Dieser innere Kampf ist mir vertraut. Ich bin immer noch ein bisschen wütend, dass wir uns überhaupt damit herumschlagen müssen. Warum haben sie nicht besser aufgepasst, wenn das so gefährliche Werkzeuge der dunklen Seite sind?«

»Ich weiß es nicht. Sie hätten Hausarrest verdient«, murmelte sie.

Ich kicherte und trank meinen kalten Kaffee aus. Dass wir unseren eigenen Müttern Hausarrest geben, hätte ich nie für nötig gehalten, aber in dieser Situation stimmte ich ihr zu. Sie hatten es total vermasselt, diese Artefakte für jedermann sichtbar herumliegen zu lassen, und jetzt sahen wir uns alle mit möglicherweise ernsten Konsequenzen konfrontiert.

Das Klingeln der Glöckchen über der Eingangstür rief Daphne aus der Küche, um eine neue Runde Kunden zu bedienen. Ich beendete das Verzieren der frischen Cupcakes mit Zuckerguss und trug sie nach vorne. Ich freute mich zu sehen, dass alle kleinen Tische mit einheimischen Teenagern von der Highschool besetzt waren. Sie waren nicht die saubersten Kunden, aber ihr Geld war so gut wie das von jedem anderen auch. Als Kunden neigten sie dazu, sich zu vermehren. Ein oder zwei zufriedene Kunden wurden im Handumdrehen zu zehn. In der Zeit, die es brauchte, eine SMS zu verschicken, wurde aus einem kleinen Verkauf ein riesiger Ansturm.

»Haben die alle etwas gekauft?«, fragte ich erstaunt.

Daphne lächelte und nickte. »Ja. Kannst du dir vorstellen, wenn es in der Stadt eine Bäckerei gegeben hätte, als wir in der Highschool waren? Wir wären Stammkunden gewesen!«

Ich lachte. »Und pleite. Unser ganzes hart verdientes Taschengeld wäre für Kekse draufgegangen.«

Wir beobachteten beiläufig, wie die Gruppe von Teenagern sich über ihre Kekse und Muffins hermachte. Sie unterhielten sich und lachten miteinander. Bei einer Bemerkung spitzte ich die Ohren.

»Hat der gerade was über das Museum gesagt?«, zischte ich.

Sie nickte mit großen Augen. Wir taten beide so, als wären wir damit beschäftigt, die Vitrine aufzufüllen und abzuwischen, während wir aufmerksam lauschten.

Die Gruppe wurde etwas lauter, als sie darüber sprachen, wer wohl etwas aus diesem staubigen alten Museum haben wollte. Es stand ein Footballspiel an und sie warfen die Idee in den Raum, dass die gegnerische Mannschaft ins Museum eingebrochen sein könnte.

»Selbst schuld. Da drin ist nichts als ein Haufen altes Zeug, das niemanden interessiert«, lachte einer der Jungen. »Was für Idioten. Wir sollten mal nachsehen, ob die auch ein Museum haben.«

Sie stürzten sich in einen Plan, wie sie sich an der anderen Mannschaft rächen könnten. Ich überlegte kurz, ob ich eingreifen sollte, entschied mich aber schnell dagegen. Sollen sich ihre Mütter doch mit ihnen herumschlagen.

»Wollen die jetzt ernsthaft in den Stadtbrunnen pinkeln?«, fragte Daphne, als alle Teenager die Bäckerei verlassen hatten.

Ich sah sie an und verdrehte die Augen. »Ich glaube schon. Ich meine, es sind Teenager-Jungs. Auf Sachen zu pinkeln, gehört da irgendwie zum guten Ton. Erinnere mich daran, niemals meine Zehen in diesen Brunnen zu halten.«

»Glaubst du, sie hatten recht? Dass die Jungs von der anderen Footballmannschaft eingebrochen sind und das Zeug gestohlen haben?«

Ich zuckte mit den Schultern. »Ich weiß nicht. Es scheint ziemlich dumm, aber andererseits ist es auch nicht gerade clever, in einen Brunnen zu pinkeln. Hast du von den anderen Kunden noch etwas gehört?«

»Die meisten Leute, die ich beiläufig danach gefragt habe, hatten die gleiche Idee. Sie alle glauben, es war ein dummer Streich von gelangweilten Jugendlichen. Die rivalisierende Footballmannschaft ist eine neue Variante, von der ich noch nichts gehört hatte.« Sie lächelte. »Wäre es nicht lustig, wenn die Truhe und das Tintenfass im stinkenden Zimmer irgendeines Jungen liegen würden, begraben unter einem Haufen Schmutzwäsche?«

Ich lachte. »Ja. Hoffentlich, wenn das der Fall ist, geben die Eltern von irgendjemandem die Sachen zurück. Krise abgewendet.«

»Könnten wir so viel Glück haben?«

Ich schüttelte den Kopf. »Ich weiß nicht. Für mich ergibt das keinen Sinn. Ich frage mich, ob noch etwas anderes gestohlen wurde. Ich meine, wenn es nur die Truhe und das Tintenfass waren, müssen wir meiner Meinung nach davon ausgehen, dass es jemand war, der wusste, was diese Gegenstände wirklich sind.«

»Da stimme ich dir zu. Warum unternimmt Harold nichts dagegen? Ein Diebstahl ist ein Diebstahl, auch wenn es in seinen Augen keine große Sache ist. Was könnte er denn sonst so Wichtiges zu tun haben? Lemon Bliss und die umliegenden Städte sind nicht gerade ein krimineller Hotspot«, sagte sie und verdrehte die Augen.

Ich lachte. »Oh, da fällt mir was ein. Ich habe vergessen, dir von Lilas Plan zu erzählen.«

»Lila hat einen Plan, um die Truhe zurückzubekommen?«

»Nein, nein. Harold ermittelt nicht wegen des Museumsdiebstahls, weil er zu sehr damit beschäftigt ist, uns unter die Lupe zu nehmen, oder der Idee nachgeht, dass es hier in Lemon Bliss eine übernatürliche Präsenz gibt.«

Daphne nickte. »Und Lila hat einen Plan, um was genau zu tun?«

»Ihn abzulenken«, sagte ich mit einem Grinsen. »Sie wird einen Liebeszauber wirken, damit er sich in sie verliebt. Sie glaubt, wenn er damit beschäftigt ist, ihr nachzustellen, wird er nicht mehr so sehr daran interessiert sein, dieser übernatürlichen Untersuchung nachzugehen.«

»Ich dachte, wir sollten keine Zauber wirken, solange das Tintenfass verschwunden ist?«, fragte sie mit großen Augen.

»Lila hält es für ein vertretbares Risiko. So sehr ich es auch für eine schlechte Idee halte, es könnte notwendig sein, besonders jetzt«, argumentierte ich.

»Ich dachte, unser Leben würde einfacher werden«, beschwerte sich Daphne. »Herauszufinden, dass ich eine Hexe bin, sollte doch etwas Gutes sein.«

»Wem sagst du das.« Mit einem Kopfschütteln drehte ich mich weg. »Ich sollte zurück in die Küche gehen und versuchen, mir einen Vorsprung für morgen zu verschaffen.«

»Sieht so aus, als hättest du Besuch«, sagte sie.

Ich blickte zurück und bemerkte ihr verschmitztes Grinsen. Mein Blick wanderte an ihr vorbei zu den großen Fenstern, die zur Straße hinausgingen. Ich lächelte, als ich Gabriel sah, der mit einem Tablett voller Kaffeebecher in der Hand vorbeiging.

»Ihn ist es definitiv wert zu behalten, wenn er dir jeden Tag Kaffee bringt«, murmelte sie, als Gabriel die Tür aufstieß.

»Hi!«, begrüßte ich ihn, während ein leises Summen der Freude durch mich hindurchging.

»Hey ihr. Ich dachte, ihr Mädels könntet eine kleine Aufmunterung gebrauchen«, sagte er und stellte das Tablett auf die Theke.

»Für mich auch?«, fragte Daphne überrascht.

»Natürlich«, sagte er mit einem strahlenden Lächeln.

Sie drehte sich mit einem Grinsen zu mir um. »Definitiv ein Glücksgriff.«

Gabriel lachte. »Ratet mal, was ich gerade herausgefunden habe.«

Ich traute mich kaum zu raten, da diese Woche bereits einen holprigen Start hingelegt hatte.

»Was?«, stöhnte Daphne. »Nicht noch mehr schlechte Nachrichten.«

»Ich weiß nicht, ob es schlechte Nachrichten sind, aber ich glaube auch nicht, dass es gute sind.«

»Was ist los?«, fragte ich.

»Erinnert ihr euch an den Ermittler für Übernatürliches? Nicht der, der gestorben ist, sondern sein Partner.«

Daphne und ich nickten gleichzeitig. »Ja«, sagte ich und wartete darauf, dass er enthüllte, was, wie ich bereits ahnte, eine schlechte Nachricht sein würde.

»Er ist wieder da.«

Ich stöhnte. Daphne schnappte nach Luft und fluchte dann leise vor sich hin.

»Woher weißt du das?«, fragte ich.

»Ich bin ihm im Baumarkt über den Weg gelaufen. Er hat Plastikfolie besorgt. Ich habe auf nett gemacht und herausgefunden, dass er die Hütte vom alten Harrison mietet«, erklärte er.

Ich kannte den Ort. Er lag mehrere Meilen außerhalb der Stadt. In der Hütte hatte der Mann gelebt, den ich nur als den alten Harrison kannte, als ich noch zur Schule ging. Sie stand seit Jahren leer und ich hätte gedacht, sie wäre inzwischen in sich zusammengefallen.

»Großartig«, murmelte Daphne.

Keiner von uns erwähnte die fehlenden Gegenstände aus dem Museum.

»Jedenfalls dachte ich, ihr solltet es wissen. Seid vorsichtig, meine Damen«, warnte er. »Ich muss zurück zur Arbeit. Ich wollte nur kurz vorbeischauen, Hallo sagen und euch einen Kaffee bringen.«

»Ich bringe dich raus«, sagte ich und zog meine Schürze aus.

»Tut mir leid, der Überbringer schlechter Nachrichten zu sein«, begann er, als wir durch die Tür nach draußen traten. »Ich weiß, was seine Anwesenheit in der Stadt das letzte Mal bedeutet hat. Ich habe das Gefühl, dass er die Geschichte nicht auf sich beruhen lässt.«

»Da stimme ich dir zu. Ich werde heute Abend mit meiner Mom sprechen und sie informieren. Ich bezweifle, dass eine von ihnen sonderlich erfreut sein wird zu hören, dass er wieder da ist. Ich hoffe, Harold lässt sich nicht in das hineinziehen, was auch immer dieser Kerl vorhat«, sagte ich, obwohl ich wusste, dass es dafür wahrscheinlich schon zu spät war.

Es erklärte, warum Harold so viele Fragen gestellt hatte. Lilas Liebeszauber war jetzt wichtiger denn je. Wir mussten den Sheriff dazu bringen, das Interesse an dem zu verlieren, worin auch immer George ermittelte. Ich hätte nie gedacht, dass ich mir Sorgen um Ermittler für Übernatürliches machen würde, doch wenn es in dieser Stadt mehr als genug Hexen mit übernatürlichen Kräften gab und ich zufällig eine von ihnen war, nun, dann wandelte sich die Idee von einer unausgegorenen Spinnerei zu etwas Beängstigendem.

»Ich rufe dich heute Abend an, es sei denn, du hast noch ein Treffen«, bot Gabriel an, als wir an seinem Wagen stehen blieben.

»Noch nicht, aber ich habe das Gefühl, sobald die anderen herausfinden, dass George zurück ist, stehen die Chancen gut, dass wir zu einem weiteren Treffen gerufen werden.«

»Viel Glück«, sagte er, bevor er in seinen Truck stieg und davonfuhr.

Ich ging in die Bäckerei und fand Daphne am Telefon vor. Ihrer Seite des Gesprächs nach zu urteilen, konnte ich sagen, dass sie mit ihrer Mutter, Magnolia, sprach.

»Jep, heute Abend noch ein Treffen«, verkündete sie, bevor ich die Frage überhaupt stellen musste.

Ich stöhnte. »Ich werde meinen Schlaf nie nachholen.«

»Ich glaube, wir wissen, warum diese Gegenstände verschwunden sind«, stellte sie fest.

»Warum geht dieser Mann nicht einfach weg? Ich verstehe nicht, was er zu beweisen hofft.«

Sie zuckte mit einer Schulter. »Er will der Welt beweisen, dass genau hier in Louisiana Hexen existieren.«

»Ich fange mit dem Backen an. Ich habe das Gefühl, dass ich morgen nicht früh aufstehen wollen werde.«

»Was, wenn er die Truhe geöffnet hat?«, fragte Daphne.

Das war genau die Frage, die mir durch den Kopf gegangen war, seit Gabriel verkündet hatte, dass George wieder in der Stadt war.

»Ich weiß es nicht. Ich hoffe, unsere Mentorinnen haben ein paar Ideen«, sagte ich müde. »Es könnte immer noch ein Streich sein und seine Rückkehr nach Lemon Bliss nichts weiter als ein Zufall.«

Sie lachte schallend. »Ja, genau!«

»Tolle positive Einstellung!«, rief ich aus der Küche, als ich durch die Schwingtür ging.

Ihr Lachen folgte mir. Ich würde mich nicht in ein Loch aus Schwarzmalerei und Pessimismus fallen lassen. Noch nicht. Ich wollte an der Hoffnung festhalten, dass es einen Ausweg aus diesem Schlamassel gab. Schließlich hatten wir die letzte Krise relativ unbeschadet überstanden. Meine Mom und ihre Freundinnen würden sich etwas einfallen lassen. Hoffte ich.

KAPITEL FÜNF

Als Daphne und ich an diesem Abend zusammen die Küche aufräumten, spukte mir eine Frage im Hinterkopf herum. Unsicher, ob ich sie stellen sollte, beschloss ich schließlich, es einfach zu wagen. Wenn mich jemand verstehen würde, dann Daphne. Sie saß im selben Boot wie ich, und noch dazu in einem ausgesprochen seltsamen.

Die Wahrscheinlichkeit, auf der ganzen weiten Welt jemand anderen zu treffen, der nachträglich erfahren hatte, eine Hexe zu sein, war verschwindend gering. Jedes Mal, wenn mein Verstand diese erstaunliche Wendung der Ereignisse verarbeitete, fragte ich mich, ob ich am nächsten Tag aufwachen und feststellen würde, dass alles nur ein verrückter Traum gewesen war.

Genau wie ich war auch Daphne vor Kurzem nach Lemon Bliss zurückgezogen. Sie war in unsere alte Heimatstadt zurückgekehrt, nachdem ihre Ehe in die Brüche gegangen war, und ich war nach dem mysteriösen Todesfall in der Fabrik zurückgerufen worden. Wir hatten beide beschlossen zu bleiben und hofften, mehr darüber zu erfahren, wer und was wir waren.

»Daphne«, sagte ich und holte tief Luft.

»Hmm«, murmelte sie, während sie sorgfältig Kekse mit Frischhaltefolie abdeckte.

»Glaubst du, ich sollte Gabriel von der Truhe erzählen und was sie ist?«

»Ich weiß nicht. Das könnte riskant sein.«

»Meinst du? Ich meine, er weiß, dass wir Hexen sind. Er weiß, dass seine Tante eine Hexe ist, und er weiß über den Zirkel und unsere Treffen Bescheid. Es kommt mir nicht so riskant vor, ihm zu erklären, warum die Truhe und das Tintenfass so wichtig sind«, argumentierte ich.

Sie war mehrere Minuten lang still. »Persönlich denke ich, dass man ihm vertrauen kann, aber ich finde, du solltest deine Mutter fragen. Ich weiß nicht, wie viel sie jemals ihren Ehemännern erzählt haben.«

»Ich hatte das Gefühl, dass du das sagen würdest. Ich hasse es, Geheimnisse vor ihm zu haben.«

»Wie ernst wird es denn zwischen euch beiden?«, fragte sie.

»Ich bin mir nicht sicher, aber kann es jemals wirklich ernst werden, wenn ich so etwas Großes vor ihm verheimliche? Ich will keine Beziehung, die auf Geheimnissen und Lügen basiert.«

Ein bitteres Lächeln verzog ihre Lippen. »Glaub mir, das willst du wirklich nicht. Ich habe immer noch mit meinem Ex zu tun. Ich wünschte, ich hätte gewusst, wer er war, bevor ich ihn geheiratet habe. Unsere gesamte Beziehung bestand aus nichts anderem als Geheimnissen und Lügen.«

»Das tut mir leid. Wie läuft es mit der Scheidung?«, fragte ich. Ich wusste, dass sie die Scheidung eingereicht hatte und der Prozess seine Zeit dauerte, aber es war ein heikles Thema, also versuchte ich, es nicht zu oft anzusprechen.

»Langsam. Er tut sein verdammtes Bestes, alles viel schwieriger zu machen, als es sein müsste.«

Ich hörte ein quakendes Geräusch von vorne aus der Bäckerei. »Was ist das?«

Daphne fing an zu kichern. »Das dürfte mein Handy sein.«

»Es quakt?«, fragte ich verwirrt.

Sie sah mich an und zwinkerte. »Das ist der Klingelton für meine Mutter.«

Ich brach in Gelächter aus. »Du solltest besser hoffen, dass sie nie hört, wie sie dich anruft. Ich habe das Gefühl, sie wäre alles andere als begeistert, als Quacksalberin bezeichnet zu werden.«

»Du solltest mal den Klingelton für meinen Ex hören«, sagte sie und ging durch die Schwingtür in den vorderen Teil der Bäckerei.

Daphne war mehrere Minuten weg, bevor sie mit hängenden Schultern zurückkam.

»Was ist los?«, fragte ich besorgt.

»Das willst du nicht wissen.«

Ich rümpfte die Nase. Ich ahnte, was sie sagen würde, musste aber trotzdem fragen. »Lass mich raten, sie wollen sich wieder um Mitternacht treffen?«

Mit einem Seufzer nickte sie.

»Hast du ihr erzählt, dass George wieder in der Stadt ist?«

»Nein, dazu hatte ich gar keine Gelegenheit. Sie hat ununterbrochen gequasselt. Wir können es ihnen heute Abend sagen.«

»Morgen werden wir total gerädert sein. Zwei Nächte hintereinander sind hart.«

»Zustimmung. Ich fahre jetzt nach Hause und mache ein Nickerchen. Diesmal hole ich dich ab«, sagte sie.

Ich warf einen Blick in die Küche und stellte fest, dass wir für den Abend Feierabend machen konnten. Wir gingen zusammen raus, und ich winkte zum Abschied, als Daphne vom Parkplatz fuhr.

Als ich wieder im Haus meiner Großmutter war, welches ich immer noch nur schwer als mein Zuhause akzeptieren konnte, beschloss ich, Daphnes Beispiel zu folgen und ein kurzes Nickerchen zu machen.

Völlig verwirrt wachte ich auf, als mein Wecker klingelte. Aufzustehen, wenn die beste Schlafenszeit war, ergab für meinen müden Körper keinen Sinn, aber ich schleppte mich aus dem Bett. Ich warf mir eine Jeans über und ging nach unten, um auf Daphne zu warten.

Innerhalb weniger Minuten hupte sie. Wir hatten auf die harte Tour gelernt, dass unsere Hexenkolleginnen Unpünktlichkeit nicht schätzten.

»Hast du etwas geschlafen?«, fragte ich, als ich in ihr Auto stieg.

»Ein bisschen. James hat angerufen und wollte sich streiten.«

»Warum nimmst du seine Anrufe überhaupt noch an? Blockier seine verdammte Nummer«, sagte ich bestimmt. Darüber hatten wir schon einmal gesprochen. Ihr Ex-Mann ließ sie nicht in Ruhe und schien darauf aus zu sein, ihr das Leben zur Hölle zu machen.

»Ich hatte gehofft, er würde die Papiere unterschreiben, wenn ich nett spiele«, grummelte sie. »Ich hätte wissen müssen, dass das nicht in seiner DNA liegt.«

Als wir an der Fabrik ankamen, stieg Lila gerade aus ihrem Auto. »Hallo, ihr Lieben. Es tut mir so leid, dass wir euch immer wieder aus euren warmen Betten holen müssen, nachdem ihr den ganzen Tag so hart gearbeitet habt.«

»Danke, Lila. Es ist schön zu hören, dass das jemand versteht«, antwortete ich und fühlte mich wegen des mitternächtlichen Treffens schon etwas besser.

Wir gingen zusammen hinein und stellten fest, dass die anderen drei Frauen bereits im Kellerraum waren.

»Wir haben einen Ortungszauber gewirkt!«, platzte es aus meiner Mutter heraus.

»Ich dachte, wir sollten keine Magie benutzen oder irgendwelche Zauber wirken?«, fragte Daphne.

»Die Situation rechtfertigte das Risiko«, antwortete Magnolia. »Wir haben die Truhe gefunden!«

»Wirklich?«, fragte ich überrascht. »Das ist doch gut, oder? Also müssen wir uns jetzt nur noch um das Tintenfass sorgen? Das Tintenfass ist nicht böse, was bedeutet, dass die Gefahr vorüber ist?«

Der Gesichtsausdruck meiner Mutter verriet mir, dass das ganz und gar nicht der Fall war. »Wir wissen, wo die Truhe ist, aber wir haben sie nicht, und wir wissen nicht, wer sie hat.«

»Wo ist sie?«, fragte Daphne.

»In einem Haus außerhalb der Stadt«, sagte Magnolia. »Das alte Harrison-Anwesen.«

Daphne und ich sahen uns an.

»Oh nein«, stöhnte ich.

»Ja, aber wenigstens wissen wir, wo sie ist«, sagte meine Mutter hoffnungsvoll.

»Nein, das ist es nicht. George Cannon, der Ermittler für Übernatürliches, mietet die Hütte vom alten Harrison.«

Ein kollektives Keuchen ging durch den Raum.

Daphne sprang ein, um es zu erklären. Diese Nachricht war nicht gut, und ich sah zu, wie die Farbe aus den Gesichtern der Frauen wich, als die Information einsickerte.

»Wir müssen sie zurückholen«, sagte Magnolia mit entschlossener Stimme. »Wir haben keine Ahnung, was dieser Mann tun könnte. Wenn er einen Weg findet, diese Truhe zu öffnen ...« Ihre Worte verklangen und ließen die Drohung in der Luft hängen.

»Wie?«, fragte ich. »Können wir ihn darum bitten?«

»Wir können nicht einfach an seine Tür klopfen und ihn fragen. Er wird wissen wollen, woher wir wussten, dass er sie hat«, argumentierte Coral.

»Was, wenn eine von uns dorthin geht?«, fragte ich.

Lila lachte. »Der Mann weiß, dass wir ihn nicht mögen. Ich glaube, er wäre ein wenig misstrauisch, wenn wir da draußen auftauchen würden.«

»Wir müssen etwas tun!«, rief Coral mit Verzweiflung in der Stimme aus.

Der Raum wurde still. Sich George zu nähern, war riskant. Er wusste nicht, wer wir waren, aber er wusste, dass an Lemon Bliss etwas Magisches war. Ich wusste nicht viel über übernatürliche Gegenstände, aber ich fragte mich, ob er eine Art Radar oder Gerät hatte, das ihm anzeigte, wenn ein Objekt Kräfte besaß. Vielleicht war ich paranoid, und ich konnte diese Möglichkeit erkennen, aber ich hatte schreckliche Angst. Bei der Vorstellung, dass er dunkle Mächte entfesseln könnte – du lieber Himmel, wir hatten Probleme.

»Ich glaube nicht, dass wir sicher bei dem Mann an der Haustür auftauchen und nach der Truhe fragen können. Vielleicht sollten wir den Ort beobachten. Wenn er geht, gehen wir rein. Eine von uns hält Wache, während die anderen danach suchen«, schlug ich vor.

»Das könnte klappen«, sagte Magnolia. »Hat sonst noch jemand eine Idee?«

»Gibt es keinen Zauber, mit dem wir die Truhe zu uns kommen lassen können?«, fragte Daphne.

»Das ist zu riskant«, sagte Coral sofort.

Ich fing Daphnes Blick auf und beschloss, darüber zu schweigen, dass sie bereits einen Zauber benutzt hatten, um das verdammte Ding zu finden.

»Virginia, was meinst du?«, fragte Magnolia meine Mutter.

Sie blickte auf ihre Hände hinab. »Ich denke, wir sollten uns einen Tag Zeit nehmen und versuchen herauszufinden, warum George wieder in Lemon Bliss ist. Lila, wie geht es Harold?«

Lila kicherte wie ein Schulmädchen. »Harold geht es ganz ausgezeichnet.«

»Glaubst du, du könntest ihn fragen, ob er etwas über Georges Rückkehr weiß?«

»Ich werde es versuchen, aber ich wüsste nicht, warum. Ich hatte nicht den Eindruck, dass er den Mann mochte oder sich für seine Herumschnüffelei in Lemon Bliss interessierte, als sie das letzte Mal hier waren«, antwortete sie.

»Ich habe eine Frage, und ich hoffe, ihr alle seid aufgeschlossen«, begann ich. »Ich muss wissen, wie viel ich Gabriel über die verschwundenen Artefakte erzählen kann.«

»Nichts!«, sagte Magnolia so laut, dass ich fast vom Sofa aufgesprungen wäre.

»Warum nicht? Er weiß, dass wir Hexen sind. Er weiß, dass wir uns hier treffen. Warum kann ich nicht mit ihm darüber reden?«

Meine Mutter setzte sich neben mich und legte eine ihrer Hände auf mein Knie. »Liebes, es ist nicht so, dass wir ihm nicht vertrauen. Das tun wir. Wir wissen, dass er unsere Geheimnisse niemals verraten würde. Daran liegt es überhaupt nicht.«

»Woran dann?«, fragte ich, da ich nicht verstand, warum sie so dagegen waren.

»Es ist viel zu gefährlich«, sagte Coral. »Wir lassen ihn im Dunkeln, um ihn zu schützen. Je mehr er weiß, desto größer ist die Gefahr für ihn.«

Ich verstand es nicht. »Wie könnte es gefährlich sein?«

Coral sprach mit sanfter Stimme. »Wenn jemand unser Geheimnis kennen und wüsste, dass Gabriel es auch weiß, er aber hilflos wäre, sich selbst zu schützen, wäre das viel zu riskant. Wir müssen auch die Bürde bedenken, die wir tragen. Ist es fair, das auf Gabriels Schultern zu laden? Seine Mutter hat ihm weit mehr erzählt, als sie hätte sollen.

Ich habe es genossen, in seiner Gegenwart frei reden zu können, aber es ist egoistisch.«

Ich schüttelte den Kopf. »Das glaube ich nicht. Er ist aufrichtig interessiert und besorgt. Gabriel kann auf sich selbst aufpassen«, sagte ich ein wenig zu schroff.

»Genau deshalb müssen wir ihn beschützen«, erwiderte Coral. »Er ist extrem loyal. Was, wenn diese Truhe oder das Tintenfass uns entlarvt? Gabriel würde direkt mit uns verfolgt werden, obwohl er wirklich unschuldig ist.«

»Oh, daran habe ich nicht gedacht«, sagte ich und fühlte mich niedergeschlagen. Diese ganze Geheimniskrämerei gefiel mir nicht.

Coral lächelte und nickte. »Ich weiß, es ist schwer, und vielleicht wird es eines Tages sicher sein, all unsere Geheimnisse zu enthüllen, aber im Moment müssen wir ihn aus so vielen unserer Schwierigkeiten wie möglich heraushalten.«

»Okay, okay. Ich werde nichts sagen«, versprach ich.

»Also gut, dann geht alle nach Hause und versucht, euch so gut wie möglich auszuruhen. Ich werde sehen, welche Informationen ich aus Harold herauskitzeln kann«, sagte Lila und klatschte in die Hände.

»Wir werden sehen, was wir sonst noch durch den Klatsch in der Bäckerei erfahren können«, sagte Daphne, gähnte und streckte sich.

»Vielleicht taucht dieser George ja für einen Muffin oder so auf«, murmelte Magnolia. »Wenn er das tut, ruft mich sofort an, und ich gehe zu dieser Hütte und finde die Truhe und hoffentlich auch das Tintenfass. Dieser Mann ist eine Bedrohung.«

»Da stimme ich dir zu«, sagte Coral. »Wir holen uns die Truhe und dann werden wir einen Weg finden, ihn für immer aus Lemon Bliss zu vertreiben.«

Ich wollte nicht einmal darüber nachdenken, was sie vorhatte. Das war es, was sie wirklich meinte, als sie sagte, sie wollten Gabriel im Dunkeln lassen. Sie wollte ihn nicht zum Komplizen machen. Ich war mir selbst nicht so sicher, ob ich eine Komplizin sein wollte.

Wir verließen nach und nach den Raum.

»Lass uns gehen«, sagte Daphne und wartete an der Treppe.

Ich ging, aber nicht ohne zurückzublicken auf die vier Frauen, die uns nachsahen. Ich hatte das Gefühl, wir stünden am Rande von etwas

Großem. Ein Anflug von Angst windete sich meine Wirbelsäule hinauf und ließ einen Schauer durch mich laufen.

»Alles in Ordnung mit dir?«, flüsterte Daphne.

»Schon gut, nur eines dieser komischen Gefühle«, murmelte ich.

»Ich glaube nicht, dass es ein Gefühl ist. Ich glaube, es ist eine Vorahnung«, sagte sie, während wir die Treppe hochstiegen, um zu gehen.

Ich spürte, dass sie recht hatte.

KAPITEL SECHS

»Nein, nicht schon wieder«, stöhnte ich und sah auf die Digitalanzeige meines Weckers.

Ich schloss die Augen und wünschte mir, die Zahlen würden sich ändern. Ich wollte nicht, dass es schon Zeit zum Aufstehen war. Noch nicht. Ich war so müde, ich hatte das Gefühl, ich müsste eine Woche lang schlafen. Gestern Abend, nachdem Daphne mich abgesetzt hatte, konnte ich nicht einschlafen. Ich wurde das Gefühl nicht los, dass etwas im Dunkeln lauerte. Ich wusste nicht, ob es an der Art lag, wie die anderen sich verhalten hatten, oder ob es mein sechster Sinn war, der auf Hochtouren zu laufen schien. Was auch immer es war, es machte mich noch ganz verrückt.

Was mich schließlich aus dem Bett zerrte, war Gabriel. Wir wollten uns heute Morgen wieder auf einen Kaffee treffen. Ich konnte es kaum erwarten, ihn zu sehen, auch wenn ich ihm nichts von dem erzählen konnte, was vor sich ging. Obwohl ich die Gründe dafür akzeptiert und verstanden hatte, ihn nicht einzuweihen, lag es mir immer noch schwer im Magen. Die Geheimnisse und das zwielichtige Verhalten waren nicht meine Art. Ich zog es vor, brutal ehrlich zu sein. Das machte die Dinge viel einfacher.

Als ich das Crooked Coffee betrat, überflog ich den Raum und fand

Gabriel bereits an einem Tisch sitzend vor, wie er sich mit einer älteren Dame unterhielt, die die Aufmerksamkeit zu genießen schien. Mein Herz machte einen kleinen Hüpfer. Er war freundlich, fürsorglich und einfach ein durch und durch guter Kerl. Ich konnte ihn nicht mit meinen Geheimnissen belasten.

»Hey!«, sagte er und winkte mich zu sich herüber, als er mich an der Tür stehen sah.

Mit einem Lächeln ging ich auf ihn zu. »Hey, du. Wie ich sehe, wickelst du alle Damen um den Finger.«

Die Frau kicherte und zwinkerte. »Er gehört ganz dir, Schätzchen.«

»Du kennst mich ja, ein echter Frauenheld«, meinte er mit einem schiefen Grinsen. »Hier ist dein Kaffee.«

»Danke«, sagte ich, legte meine Hände um die Tasse und ließ mich auf den Stuhl ihm gegenüber gleiten.

Sein Blick glitt über mein Gesicht. »Du hattest gestern Abend wieder ein Treffen, nicht wahr?«

Für einen Moment überlegte ich, mich dumm zu stellen oder zu lügen, aber ich konnte es nicht. »Ja.«

»Willst du mir erzählen, was los ist?«

Ich lächelte. »Nichts. Du kennst doch die Frauen. Die regen sich gerne über nichts und wieder nichts auf.«

Er glaubte mir nicht. Ich konnte die Skepsis in seinem Blick sehen. »Das tun sie, aber du normalerweise nicht.«

Ich zuckte mit den Schultern. »Ich bin nicht aufgeregt.«

»Die dunklen Ringe unter deinen Augen sagen etwas anderes. Hast du letzte Nacht überhaupt geschlafen?«

»Mir geht's gut, wirklich. Ich bin nur ein bisschen müde.«

»Komm schon, was ist los? Erzähl es mir und vielleicht kann ich dir helfen, es zu klären. Vier Augen sehen mehr als zwei, oder?«, sagte er mit einem freundlichen Lächeln.

»Es ist keine große Sache«, sagte ich und hoffte, dass ich überzeugend klang.

Er legte den Kopf schief und musterte mich. »Ich weiß, dass etwas nicht stimmt. Tante Coral ist ein absolutes Nervenbündel. Sie sagt mir ständig, dass sie in Ordnung ist, aber ich weiß, dass sie lügt. In deiner

Welt passiert gerade etwas Großes und keine von euch vertraut mir genug, um es mir zu erzählen.«

Ich sagte nichts. Was hätte ich auch sagen sollen? Wenn ich ihm wieder sagen würde, dass nichts los sei, wüsste er, dass ich lüge. Da mir die mentale Stärke für eine Auseinandersetzung fehlte, machte ich stattdessen einen Abgang und brach unser Kaffeetreffen ab.

»Ich muss noch kurz zur Post und dann zur Bäckerei. Danke für den Kaffee. Ich schulde dir mindestens den Kaffee für eine ganze Woche. Vielleicht lässt du mich dich mit einem Kirschkuchen oder einem Dutzend Schokoladenmuffins entschädigen?«, fragte ich mit einem Grinsen.

»Mach dir darum keine Sorgen«, sagte er.

Ich stand auf, überlegte, ob ich mich entschuldigen sollte, und entschied mich schließlich dagegen. Ich musste mir überlegen, was ich ihm sagen sollte. Er würde sich nicht mit einer einfachen Antwort zufriedengeben.

»Ich rufe dich heute Abend an«, sagte ich ihm.

Mit einem Nicken nahm er einen Schluck von seinem Kaffee. Wir wurden praktischerweise unterbrochen, als sein Telefon klingelte. Er nahm den Anruf an, bevor er sich schnell verabschiedete. Das war mein Stichwort, um zu gehen.

Ich ging durch das Café und durch die Türen in das angrenzende Postamt. Ich ging nach hinten, wo sich mein Postfach befand, holte meine Post heraus und sichtete sie schnell.

Ein paar Männerstimmen erregten meine Aufmerksamkeit. Eine der Stimmen erkannte ich sofort wieder, aber die andere sagte mir nichts. Beiläufig änderte ich meine Position um ein paar Meter, sodass ich um die Ecke sehen konnte. Es war Harold, der mit dem Mann sprach, den ich als George Cannon kannte. Ich tat so, als wäre ich an meiner Post interessiert und lehnte mich gegen die Ecke. Sie befanden sich in einer ziemlich hitzigen Diskussion. Ich konnte nicht genau verstehen, was sie sagten, also bewegte ich mich auf den Tisch zu, der an einer entfernten Wand stand, in ihrer Hörweite.

»Ich war's nicht«, zischte George. »Sie ist einfach aufgetaucht. Ich weiß nicht, was ich damit machen soll.«

Harold stand mit dem Rücken zu mir, aber ich konnte an seiner

Haltung erkennen, dass er angespannt war. »Als ob ich das glaube. Ich habe dir gesagt, dass ich mich hier um die Dinge kümmern werde. Ich brauche dich nicht, um Ärger zu machen.«

»Ha, als ob du irgendetwas auf die Reihe kriegen würdest. Du weißt nicht einmal, wonach du suchst«, sagte George mit leiser Stimme. »Das ist mein Job. Ich lasse diese Story nicht sausen.«

»Ich bin hier der Sheriff. Ich kenne diese Leute. Niemand wird mit Ihnen reden. Ich schlage vor, Sie finden einen Weg, das Ding wieder dorthin zurückzubringen, wo es hingehört. Die Leute hier werden es nicht zu schätzen wissen, einen Dieb in ihrer Stadt zu haben«, flüsterte Harold. »Zwingen Sie mich nicht, Sie zu verhaften.«

»Wen nennen Sie einen Dieb? Ich habe Ihnen gesagt, dass ich sie nicht genommen habe. Jemand will mir das anhängen.«

»Ich sage Ihnen, bringen Sie sie zurück. Ich weiß nicht, warum Sie sie überhaupt mitgenommen haben.« Harold war sichtlich frustriert.

»Ich hab's Ihnen doch gesagt, ich habe sie nicht genommen. Jemand hat sie mir hinterlassen«, beharrte George.

Harold schnaubte. »Sie erwarten, dass ich glaube, diese Truhe ist einfach so wie von Zauberhand auf Ihrer Veranda aufgetaucht?«

»Ja! Genau das erwarte ich, dass Sie es glauben, denn genau das ist passiert«, schrie George ihn praktisch an.

Als ich mich umsah, bemerkte ich, dass ich nicht die Einzige war, die die beiden beobachtete. Die Postangestellte tat es ebenfalls. Ich hatte das Gefühl, dass sie auch mich im Auge behielt. Unsere Blicke trafen sich und ich starrte sie herausfordernd an, überrascht, als sie nicht den Blick abwandte.

Harold bemerkte die Postangestellte. Ich sah, wie er sich umdrehte, um ihrem Blick zu folgen, und schaute schnell auf meine Post, wobei ich so tat, als sei ich ganz in die Rechnung vertieft, die ich gerade in der Hand hielt.

»Violet«, sagte er.

Ich blickte auf und sah George, der mich mit einem erschrockenen Ausdruck im Gesicht direkt ansah.

»Guten Morgen, Sheriff«, sagte ich mit einem freundlichen Lächeln.

»Ich muss los«, sagte George und verließ fluchtartig das Postamt. Er warf mir einen letzten Blick zu, bevor er zur Tür hinaus huschte.

»Wie läuft es mit der Bäckerei?«, fragte Harold und schloss die Lücke zwischen uns.

»Eigentlich super. Es ist sehr viel los«, sagte ich. Harold hatte mich in letzter Zeit nervös gemacht, und ich hatte Angst, dass er mich nach dem Museumsdiebstahl fragen würde.

»War Lila oft da?«, fragte er, und ich konnte das Funkeln in seinen Augen sehen. Ich hatte Lila nie gefragt, ob sie ihren Plan durchgezogen hatte, aber nach der Art, wie Harold fragte, stand er definitiv unter ihrem Bann.

»Nein, ich habe sie nicht gesehen, aber ich verbringe die meiste Zeit hinten in der Backstube. Waren Sie schon mal da?«, fragte ich.

Er sah ein wenig verlegen aus. »Nein, ich war beschäftigt. Ich habe tagsüber nicht viel Zeit in der Stadt verbracht. Wenn ich zurückkomme, haben Sie schon geschlossen.«

Ich lächelte. »Keine Sorge, uns wird es noch eine Weile geben. Sie werden noch genug Zeit haben, vorbeizukommen.«

Sein Blick hielt meinen fest, und ich spürte, dass er mich musterte. Vielleicht bildete ich es mir nur ein, aber es brachte mich immer aus der Fassung. Mein schlechtes Gewissen machte mich verrückt. Es war unmöglich, dass er wusste, dass ich eine Hexe war oder dass es in Lemon Bliss noch einige andere gab. Das redete ich mir zumindest ein.

»Vielleicht komme ich heute vorbei. Ich werde sehen, ob Lila mit mir kommen und ein paar von diesen Keksen probieren möchte, von denen ich so viel gehört habe.«

»Das wäre toll. Ich muss jetzt los. Der morgendliche Ansturm ist heftig, und ich muss mit den Keksen anfangen«, sagte ich. Mit einem Lächeln ließ ich meine Post in meiner Handtasche verschwinden und eilte hinaus.

Als ich ging, blickte ich zurück und sah die Frau hinter dem Schalter, die mich immer noch anstarrte. Ich tat es als Neugier ab, aber irgendetwas sagte mir, dass sie mich nicht mochte. Ich wusste nicht warum, aber es war ein Gefühl, das ich nicht abschütteln konnte. Ich erkannte sie nicht.

Ich musste mit den Damen darüber reden, was ich im Postamt

mitangehört hatte. George hatte definitiv die Truhe und Harold wusste davon. Das warf aber mehrere neue Fragen auf. Warum hatte Harold die Truhe nicht zurückgenommen und dem Museum zurückgegeben? George schien felsenfest davon überzeugt zu sein, dass er die Truhe nicht wirklich gestohlen hatte, was seltsam war. Beide Männer hätten sie zurückgeben können, aber keiner schien geneigt zu sein, es zu tun. Warum sollte jemand eine gestohlene Truhe auf Georges Veranda abstellen? Das ergab überhaupt keinen Sinn.

In der Bäckerei angekommen, begann ich mit meinen morgendlichen Aufgaben. Das Backen half mir beim Denken. Ich ging die vielen Szenarien durch, die die verschwundene Truhe erklären könnten und wie Harold und George darin verwickelt waren. Die Art, wie sie gesprochen hatten, deutete auf eine recht vertraute Beziehung hin. Mir war nicht klar gewesen, dass die Männer Freunde oder auch nur Bekannte waren. Das beunruhigte mich. Das Letzte, was wir gebrauchen konnten, war ein übereifriger Ermittler für Übernatürliches, der sich mit dem Sheriff der Stadt anfreundete. Ich musste wirklich mit meiner Mutter reden.

Als Daphne hereinkam, erzählte ich ihr schnell, was ich mitangehört hatte.

»Ich sage, wir erzählen es den anderen und lassen sie ihren Plan durchziehen, sie zurückzustehlen«, sagte sie sofort.

Ich nickte langsam, während die Sorgen immer noch in meinem Kopf kreisten. »Vielleicht kommt George hierher und wir könnten ein Auge auf ihn haben, während Mom und die anderen die Truhe zurückholen. Kannst du glauben, dass er gesagt hat, jemand hätte sie auf seiner Veranda abgestellt?«, fragte ich entnervt.

Daphne kicherte. »Wenn ich mit Diebesgut erwischt würde, würde ich wahrscheinlich dasselbe sagen. Auf unschuldig plädieren.«

»Ich weiß nicht. Aber warum glaubst du, hat Harold sie nicht zurückgebracht? Kommt dir das nicht seltsam vor?« Dieses Detail hatte mich den ganzen Morgen beschäftigt.

»Vielleicht war es Harold, der sie auf seine Veranda gestellt hat«, schlug sie vor.

»Um ihm eine Falle zu stellen?«

Daphne zuckte mit den Schultern. »Oder in der Hoffnung, dass er wüsste, was es ist und was damit zu tun ist.«

»Glaubst du, Harold weiß, dass sie verzaubert ist?«

Sie seufzte. »Nichts würde mich überraschen. Wir wissen, dass Harold viel herumgeschnüffelt hat. Vielleicht hat er herausgefunden, dass das Tintenfass und die Truhe magisch waren.«

»Wer würde schon den Sheriff des Diebstahls beschuldigen? Es ist das perfekte Verbrechen«, sagte ich.

»Er hat die Gegenstände gestohlen, wusste aber nicht, was er damit anfangen sollte, also hat er sie zum Experten für Übernatürliches gebracht, in der Hoffnung, dass der wüsste, was zu tun ist«, schlug Daphne vor.

Ich fing an zu lachen. Es war alles zu lächerlich, um wahr zu sein, aber die Realität meines Lebens in letzter Zeit war, dass alles, was zu lächerlich war, *tatsächlich* wahr war.

»Wir müssen uns später darum kümmern«, sagte ich und schob meine Hexensorgen beiseite, bis wir für den Tag schlossen. »Fürs Erste sollten wir uns darauf konzentrieren, einen weiteren hektischen Tag mit sehr wenig Schlaf zu überstehen.«

Daphne schnappte sich ihre Kassenlade und ging nach vorne. Es dauerte nicht lange, bis ich die Glocke über der Tür bimmeln hörte. In den nächsten acht Stunden hatte ich keine Zeit, mir über magische Truhen und Tintenfässer den Kopf zu zerbrechen.

KAPITEL SIEBEN

Endlich ein freier Tag von der Bäckerei, und ich hätte nicht glücklicher sein können. Eigentlich stimmte das nicht ganz. Endlich hatte ich mal ausgeschlafen und fühlte mich erfrischt. Der Vortag war unser bisher geschäftigster gewesen. Daphne und ich hatten beschlossen, doch nicht einen ganzen Monat zu warten, um Hilfe einzustellen. Wir brauchten sie eher früher als später. Tatsächlich machten wir sogar Verluste, weil wir unsere Kunden nicht schnell genug bedienen konnten.

All das konnte warten. Heute hatten wir andere Prioritäten. Wir hatten einen Plan ausgeheckt, um auf eigene Faust ein wenig zu ermitteln. Der Rest des Zirkels wusste von nichts. Sie machten sich immer noch Sorgen, wie sie die Truhe von George zurückbekommen sollten. Jetzt, da wir wussten, wo sie war, konnten wir etwas aufatmen. Die Vermutung lag nahe, dass er auch das Tintenfass hatte.

George hatte keinen der beiden Gegenstände an das Museum zurückgegeben, was uns zu der Annahme verleitete, dass er sie als Teil seiner übernatürlichen Ermittlungen behielt. Es war eine gefährliche Waffe, aber meine Mutter und die anderen waren nicht überzeugt, dass er genau wusste, wie gefährlich sie war. Der Plan war, die Gegenstände zurückzuholen, bevor er es herausfand.

Nachdem ich geduscht, mich angezogen und eine Tasse Kaffee genossen hatte, rief ich Daphne an.

»Bist du bereit?«, fragte ich.

»Jep. Willst du mich abholen?«

»Klar, ich bin gleich da.«

Ich rief Gabriel an, aber er ging nicht ran. Ich hatte das Gefühl, dass er immer noch frustriert von mir war. Als ich ihn gestern Abend angerufen hatte, hatte er wieder versucht, mich auszufragen, was los war. Als ich seinen Fragen erneut ausgewichen war, war er höflich geblieben, aber ich spürte seine Frustration. Ich dachte mir, dass er ein wenig Zeit brauchte, und setzte ihn nicht unter Druck. Sobald ich heute mit Daphne fertig war, würde ich ihn noch einmal anrufen.

»Das dürfte lustig werden«, sagte Daphne und stieg ins Auto, als ich vor ihrem Haus vorfuhr.

Ich lachte. »Ich weiß nicht, ob es lustig wird, aber ich hoffe, ein paar Antworten zu bekommen.«

»Ich war nicht mehr im Museum, seit wir Kinder waren.«

»Ich auch nicht. Ich frage mich, ob es darin etwas Neues gibt.«

»Ich bezweifle es, es sei denn, es ist etwas von deiner Großmutter.« Da meine Großmutter die letzte Hexe war, die gestorben war, vermutete ich, dass sie dem Museum etwas hätte spenden können, aber ich hoffte sehr, dass dem nicht so war.

Wir parkten vor dem alten Museum von Lemon Bliss und meldeten uns schnell für die erste Führung des Tages an. Das Museum war nur ein paar Stunden geöffnet. Es hatten sich bereits mehrere Touristen angemeldet, was für uns eine gute Sache war. Wir mussten in der Menge untertauchen.

»Bereit?«, fragte ich und zog meine Baseballkappe auf.

Daphne sah mich an und prustete los. »Trägst du ernsthaft eine Mütze?«

»Ja! Du nicht? Was, wenn uns jemand erkennt?«

Sie lachte immer noch. »Erstens ist es nur eine Baseballkappe. Es ist ja nicht so, als ob dich niemand, der dich kennt, nicht erkennen könnte. Und außerdem, was sollen sie schon tun? Wir besuchen das Museum. Das ist nicht gerade gegen das Gesetz.«

»Du und ich wissen beide, dass wir es nicht nur besuchen.«

»Nun, ich habe keine Mütze mitgebracht. Ich schätze, wenn sie mich erwischen, dann erwischen sie mich eben. Du kannst mich ja aus dem nicht existierenden Gefängnis raushauen.«

»Reiß mich nicht mit rein«, witzelte ich.

Wir kundschafteten den Ort aus und waren sehr erfreut zu sehen, dass nur eine ältere Dame den Laden schmiss. Es würde sehr einfach sein, uns davonzustehlen und auf eigene Faust herumzuschnüffeln.

Als sie zu reden begann, beugte ich mich zu Daphne hinüber, um ihr zuzuflüstern. »Lass uns nach hinten gehen und sehen, ob wir die Sicherheitsbänder finden können.«

Sie sah mich an, als wäre ich verrückt. »Sicherheitsbänder?«

Ich nickte und zeigte beiläufig nach oben. »Schau, da sind Kameras.«

Ihr fiel die Kinnlade herunter. »Wow. Seit wann das denn? Ich dachte nicht, dass dieser Ort ein Ziel für Diebe ist. Ich kann nicht glauben, dass sie Kameras haben.«

Als die kleine Gruppe sich in Richtung des Küchenbereichs bewegte, gelang es Daphne und mir, uns abzusetzen. »Wo ist das Büro?«, fragte ich, da ich mit dem Grundriss des Museums nicht vertraut war.

»Ich nehme an, da hinten.«

Wir schlichen uns um ein paar Tische mit Ausstellungsstücken herum. »Dort«, sagte ich und zeigte auf einen Raum, an dem ein Schild darauf hinwies, dass der Zutritt nur für Mitarbeiter gestattet war.

Daphne versuchte es mit der Türklinke. Sie war abgeschlossen. »Und jetzt?«, fragte sie frustriert.

Ich sah mich um und erkannte, dass wir nicht viel Zeit hatten. Das Museum war nicht sehr groß. Die Gruppe würde zurück sein, ehe wir uns versahen.

»Pst«, flüsterte ich, bevor ich die Augen schloss und mich auf die verschlossene Tür konzentrierte.

»Was machst du da? Oh nein. Du tust besser nicht das, was ich denke, dass du tust«, warnte sie.

Ich streckte die Hand aus und drückte die Türklinke hinunter. »Hab ich.«

Sie schüttelte den Kopf. »Du wirst so viel Ärger bekommen.«

Ich zuckte mit den Schultern. »Was nützt es, eine Hexe zu sein, wenn ich meine Kräfte nie einsetzen kann. Wir mussten hier rein, und das ist wichtig. Ein winziges bisschen Magie wird schon nichts ausmachen«, argumentierte ich. Ich hatte meine Kräfte zu Hause geübt und entdeckt, dass das Aufschließen von Türen ziemlich einfach war.

»Sag das mal deiner Mutter«, sagte sie und ging vor mir in das dunkle Büro.

Ich folgte ihr und schloss leise die Tür, bevor ich sie abschloss, nur für den Fall, dass jemand anderes versuchen sollte, hereinzukommen. Wir machten uns sofort an die Arbeit und durchsuchten das Büro.

»Ich hab's gefunden. Schau«, flüsterte ich und zeigte auf das Bücherregal voller Kassetten.

Es war ein veraltetes Sicherheitssystem, aber das war zu erwarten. Ich konnte mir nicht vorstellen, dass das Museum irgendetwas Digitales benutzte. Es fühlte sich einfach falsch an.

»Nehmen wir sie mit?«, fragte sie.

»Jep. Wir brauchen eine Tasche oder so was. Wie sollen wir die hier ungesehen rauskriegen?«, fragte ich und merkte, wie schlecht wir vorbereitet waren. Ganz offensichtlich waren wir keine geborenen Diebe, sonst hätten wir das besser geplant. Ich ignorierte das schlechte Gewissen, das sich in mir regte. Es war für einen höheren Zweck. Wenn die Truhe geöffnet und die dunklen Mächte freigesetzt würden, hätten wir weitaus größere Sorgen als ein paar gestohlene Sicherheitsbänder aus einem winzigen Museum.

»Wir hätten das ein bisschen besser durchdenken sollen«, murmelte Daphne.

Ich sah mich im Raum um. »Wir werfen sie aus dem Fenster und sammeln sie dann wieder ein.«

Sie zog eine Augenbraue hoch. »In welche Richtung zeigt das Fenster denn? Glaubst du nicht, dass jemand bemerkt, wenn wir Zeug rauswerfen?«

Ich zog den Vorhang zurück und blickte in die Gasse. Ich drehte mich um und lächelte. »Es geht zur Gasse raus. Das wird niemandem auffallen. Komm schon. Wir müssen uns beeilen.«

»Das gefällt mir nicht«, zischte sie. »Was ist, wenn das Fenster eine Alarmanlage hat?«

»Ich schätze, das finden wir gleich heraus«, sagte ich, schloss das Fenster auf und schob es auf.

Wir warteten beide, ohne zu atmen oder uns zu bewegen. Als wir nichts hörten, drückte ich das Fliegengitter raus.

»Hier«, sagte sie und reichte mir ein paar Kassetten.

»Such nach einer Tüte oder einem Karton«, wies ich sie an.

Sie leerte eine Papiertüte. »Das ist alles.«

Ich stopfte ein paar Kassetten hinein und ließ sie aus dem Fenster fallen, in der Hoffnung, dass die Kassetten nicht kaputtgingen. »Nimm den Rest.«

Daphne fing an, Videokassetten aus dem Fenster zu werfen. Als das Regal leer war, sahen wir uns an. »Das könnte ein bisschen auffällig sein«, überlegte sie.

Ich zuckte mit den Schultern. »Na und?«

»Lass uns den Videorekorder suchen. Wir müssen die Kassette rausnehmen, die gerade aufnimmt.«

Ich fing an zu lachen. »Du hast recht, Mann. Daran habe ich gar nicht gedacht.«

Wir verbrachten mehrere hektische Minuten damit, das System zu suchen, und fanden es schließlich in einem kleinen Schrank versteckt. Daphne warf die Kassette aus und steckte sie sich unters Hemd.

Ich schaute sie an. »Was machst du da?«

»Ich lasse mir den Beweis für unseren Einbruch nicht einfach so entgehen. Der hier bleibt bei mir.«

Ich nickte, erleichtert, dass sie so geistesgegenwärtig war. »Du machst mir ein bisschen Angst. Du denkst wirklich wie eine Kriminelle.«

Sie lächelte und zwinkerte. »Du kannst dich später bei mir bedanken, wenn du nicht im Gefängnis verrottest.«

»Lass uns von hier verschwinden. Ich sehe mal nach, ob die Gruppe schon zurück ist.«

Langsam öffnete ich die Tür einen Spaltbreit und lauschte auf Stimmen.

»Ich glaube, sie sind oben«, flüsterte sie. »Hör genau hin, dann kannst du die Schritte hören.«

Ich hielt inne. Beim Geräusch von Schritten über uns nickte ich. »Los geht's.«

Wir verließen das Büro und schlossen die Tür hinter uns ab. Wir wollten gerade die Flucht ergreifen, aber genau in diesem Moment kam die Gruppe die Treppe herunter.

»Tragen Sie sich bitte alle in das Gästebuch ein. Wir freuen uns immer zu sehen, woher die Leute kommen«, sagte die Museumsführerin. »Hinten an der Wand gibt es Souvenirs zu kaufen.«

Daphne und ich taten unser Bestes, um begeistert zu wirken, während wir uns die zum Verkauf stehenden Souvenirs ansahen. »Ich will mir dieses Gästebuch ansehen«, flüsterte ich.

Sie nickte. »Das schnappen wir uns auch.«

»Nein! Lass uns nur nachsehen, wer sich eingetragen hat. Mensch, Daphne, du bringst mich ernsthaft dazu, mich über deine Vergangenheit zu wundern.«

Sie kicherte. »Du bist diejenige, die in ein abgeschlossenes Büro eingebrochen ist.«

»Das ist nicht dasselbe«, widersprach ich.

»Das ist exakt dasselbe.«

Wir taten so, als würden wir unsere Namen eintragen. Ich benutzte meinen Körper, um Daphne abzuschirmen, während sie durch die Seiten blätterte. »Hier ist nichts. Ich bezweifle, dass ein Dieb sich tatsächlich eintragen würde.«

»Du hast recht, lass uns von hier verschwinden, bevor ich mich übergeben muss.«

Sobald wir draußen waren, atmete ich die frische Luft ein. Ich war nicht zur Verbrecherin geschaffen. Ich war viel zu gestresst. Höherer Zweck hin oder her, das machte mich nervös.

»Komm, wir müssen die Kassetten holen, bevor sie dort hinten jemand sieht oder die Dame merkt, dass sie fehlen.«

»Lass mich eine Tasche aus meinem Auto holen. Ich will nicht mit den Beweisen für alle sichtbar durch die Gasse stolzieren«, sagte ich zu ihr und eilte zu meinem Wagen.

Daphne folgte mir und schob die Kassette, die sie in ihrem Hemd gehabt hatte, unter den Beifahrersitz.

Ich schnappte mir ein paar der wiederverwendbaren Einkaufstaschen, die ich im Auto aufbewahrte. Ich warf ihr eine zu, als wir einen Block die Straße hinuntergingen, bevor wir lässig in die Gasse abbogen. Sobald wir außer Sichtweite waren, rannten wir zu dem Stapel Videokassetten und stopften sie hastig in die Taschen.

Wir schlenderten die Straße entlang zu meinem Auto und taten so, als wäre das das Normalste auf der Welt. Als wir sicher im Wagen saßen, startete ich ihn und raste die Straße hinunter.

»Entspann dich, es verfolgt dich niemand«, sagte Daphne mit einem Kichern.

Ich fuhr langsamer. »Ich kann nicht anders. Das war heftig. Ich habe die ganze Zeit darauf gewartet, erwischt zu werden.«

»Wurden wir aber nicht. Und was machen wir jetzt mit all diesen Kassetten?«

»Wir sehen sie uns an, aber zuerst brauche ich mehr Kaffee.«

Sie brach in Gelächter aus. »Das Letzte, was du brauchst, ist Kaffee. Sieh dich an. Du bist schon so nervös, eine Tasse Kaffee wird dich ganz zittrig machen.«

»Ich bin nicht nervös und ich brauche Kaffee«, schoss ich zurück.

»Wie du meinst, aber ich will diese Kassetten nicht hier drin lassen. Ich warte, während du reingehst.«

»Gute Idee.«

»Violet«, fing sie an. »Wie sollen wir uns diese Kassetten ansehen? Ich habe keinen Videorekorder. Niemand hat sowas noch.«

Ich lächelte. »Ich schon. Sagen wir einfach, das sind nicht die ersten Sicherheitsbänder, die ich gestohlen habe, seit ich in Lemon Bliss bin.«

Ihr klappte der Mund auf. »Du böses Mädchen! Und hier stellst du mich als die gewöhnliche Kriminelle hin, dabei bist du die Expertin.«

»Ich bin definitiv keine Expertin. Und genau genommen habe ich sie nicht gestohlen. Ich habe mir die Bänder aus der Fabrik angesehen, als ich sie gefunden habe. Da mir der verdammte Laden gehört, dachte ich, sie wären mein Eigentum.«

Daphne verdrehte die Augen, als ich vor dem Crooked Coffee hielt. Ich eilte hinein und war erleichtert festzustellen, dass Gabriel nicht da war. Ich konnte ihn nicht noch einmal anlügen, und ich wusste, er würde fragen, was ich vorhatte. Mit Kaffee bewaffnet, machte ich mich auf den Rückweg und rannte geradewegs in George Cannon hinein.

»Entschuldigung«, murmelte ich.

Er starrte mich wütend an. »Passen Sie auf, wo Sie hingehen.«

»Ich habe mich entschuldigt. Sie hätten selbst aufschauen können, wissen Sie«, grummelte ich, bevor ich zum Auto ging.

Daphne starrte mich an, als ich einstieg. »Das war knapp!«

»Er weiß ja nicht, dass wir die Sicherheitsaufnahmen haben.«

»Es sei denn, er weiß es doch. Was, wenn er uns beobachtet hat? Vielleicht ist er uns zum Museum gefolgt.«

Ich schaute aus dem Fenster und sah ihn im Café stehen und zu uns herüberstarren. »Lass uns von hier verschwinden. Der Mann macht mir eine Gänsehaut!«

Als wir wieder bei mir zu Hause ankamen, war ich ein Nervenbündel. Ich hatte ständig in den Rückspiegel geschaut und erwartet, George hinter uns zu sehen.

»Ist schon gut«, versicherte mir Daphne. »Lass uns reingehen und die Türen abschließen.«

Ich nickte und holte die Taschen vom Rücksitz. Ich wollte nicht riskieren, dass er hinter mir auftauchte und uns mit den Bändern auf frischer Tat ertappte. Wahrscheinlich ging nur meine blühende Fantasie mit mir durch, aber ich konnte kein Risiko eingehen.

KAPITEL ACHT

»Mach es dir bequem«, sagte ich und deutete auf die Couch.

Ich hatte den Videorekorder vor ein paar Monaten abgestöpselt und nie gedacht, dass ich ihn wieder brauchen würde. Das Ding hat sich für die paar Kröten wirklich bezahlt gemacht, so viel stand fest.

»Ich liebe dein Haus«, bemerkte Daphne.

»Danke, aber ich sehe es wirklich als das Haus meiner Großmutter an. Alle Möbel sind von ihr. Die meisten Bilder und die Dekoration sind von ihr. Ich habe das Gefühl, hier zu wohnen, aber es gehört nicht wirklich mir.«

Sie lächelte. »Es gehört dir. Sie wollte, dass du es hast. Genieße es. Es ist wunderschön. Mit der Zeit wirst du es als dein eigenes ansehen und alles an deine eigenen Kinder weitergeben können.«

»Immer mit der Ruhe, Turbo. Überstürzen wir nichts.«

Sie kicherte. »Ich kann mir schon richtig vorstellen, wie du und Gabriel hier glücklich bis ans Ende eurer Tage lebt.«

Ich verdrehte die Augen. So weit konnte ich nicht vorausdenken. »Okay, hab's. Bist du bereit dafür?«

»Was glaubst du, werden wir sehen? Es ist das Museum. Die Täter haben zwei Dinge mitgenommen. Es wird wohl kaum ein Blitzdiebstahl sein, wenn man bedenkt, dass alles an dem Ort offen herumliegt, was immer noch ein ernstes Problem ist, wenn du mich fragst. Wie soll der Laden ernst genommen werden, wenn sie sich nicht einmal die Mühe machen, so zu tun, als ob die Sachen wertvoll wären?«

»Darum kümmern wir uns ein andermal«, erwiderte ich mit einem Schulterzucken. Ich wurde ziemlich gut darin, Dinge loszulassen, über die ich mir keine Sorgen machen musste. Ich schätze, wenn meine drängenderen Sorgen dunkle Mächte betrafen, die einen Schub erhielten, und die Geheimnisse von Hexen für alle Welt sichtbar wurden, nun ja, dann schienen andere Probleme keine große Sache mehr zu sein.

Ich drückte auf Play und wartete. Es folgten mehrere Sekunden statisches Rauschen, bevor ein Bild mit vier geteilten Bildschirmen erschien.

»Du nimmst die beiden linken und ich die rechten«, wies Daphne mich an.

Ich rümpfte die Nase. »Oh, wow, die sind schwarz-weiß.«

»Bist du wirklich so überrascht? Die Kameras sind wahrscheinlich älter als wir«, scherzte sie.

»Schau mal, da ist ein Datumsstempel«, sagte ich und zeigte auf die Ecke des Bildschirms.

»Das ist von vor zwei Wochen. Wir müssen die Bänder von letzter Woche finden.«

Ich zuckte die Schultern. »Was, wenn wir jemanden sehen, der den Ort auskundschaftet und verdächtig aussieht?«

»Wenn wir uns das schon ansehen, will ich etwas Spannenderes sehen, wie einen echten Diebstahl«, konterte Daphne.

»Na gut«, sagte ich, schaltete das Band aus und wollte zu den Bändern von letzter Woche wechseln.

Unsere beiden Handys piepten gleichzeitig. Ich griff nach meinem und stellte fest, dass es eine Gruppennachricht von meiner Mutter an uns alle war.

»Oha«, sagte Daphne. »Das kann nichts Gutes bedeuten.«

»Ich rufe sie an«, sagte ich und drückte auf ihren Namen auf dem Handy.

Sie ging sofort ran. »Wo bist du?«, fragte sie leicht außer Atem.

»Ich bin zu Hause. Was ist los?«

»Ich komme sofort rüber. Ist Daphne bei dir?«

»Ja.«

»Gut, wir sind auf dem Weg.«

»Wer ist wir, Mom?«

»Wir alle«, sagte sie und legte auf.

Ich stöhnte. »Sie sind auf dem Weg hierher.«

»Was! Wissen sie, was wir getan haben? Wie können sie das unmöglich schon wissen? Es ist noch nicht mal eine Stunde her!«, sagte Daphne panisch.

»Ich weiß es nicht, aber wir sollten das Zeug besser wegräumen«, sagte ich, nahm die Kassette aus dem Videorekorder und verstaute sie in den Taschen. Die Taschen schob ich in einen der Küchenschränke.

»Hat sie gesagt, warum sie kommen?«, fragte Daphne.

»Nein, aber sie klang ziemlich durch den Wind. Ich bin sicher, es ist eine weitere Krise. Man sollte meinen, wir könnten die erste überstehen, bevor uns die nächste trifft.«

»Vielleicht haben sie die Truhe zurückgestohlen«, schlug sie vor.

»Ich hoffe es. Ich will, dass das alles erledigt und vorbei ist.«

Es dauerte nicht lange, bis es an der Tür klopfte. Die Ersten, die ankamen, waren Magnolia und meine Mutter, dicht gefolgt von Lila und Coral.

»Was ist los?«, fragte ich und versuchte, lässig zu wirken, während ich mich im Wohnzimmer umsah, wo sie sich aufgestellt hatten.

»Wir haben ein Problem«, sagte meine Mutter und rang die Hände.

»Was ist passiert?«, fragte Lila.

Magnolia warf ihr einen wütenden Blick zu, was sowohl Daphne als auch mich überraschte.

»Zeigen Sie es ihnen«, sagte meine Mutter zu Magnolia.

Wir warteten alle, während Magnolia in ihrer Handtasche kramte. Als sie zwei kleine Papierschnipsel herauszog, war ich ziemlich unbeeindruckt.

»Was ist das?«, fragte ich in der Hoffnung, dass meine Mutter nicht wegen nichts und wieder nichts ausflippte.

»Nachrichten.«

Lila schnappte sich eine der Nachrichten aus Magnolias Hand. Ich wartete. Lila schnappte nach Luft, und ich griff nach der anderen Nachricht.

Es war ein einfaches Stück weißes Papier. Die kurze Nachricht schien in Kalligrafie mit tiefschwarzer Tinte geschrieben zu sein.

»Was ist das?«, fragte ich und las die Nachricht laut vor. »Unartig, unartig. Magisches Schlossknacken.«

Daphne gab einen Laut von sich. Ich drehte mich zu ihr um, meine Augen weit aufgerissen.

»Was steht auf Lilas Zettel?«, fragte Daphne.

Lila wedelte damit in der Luft. »Ach du meine Güte. Dieses Tintenfass sollte sich um seine eigenen Angelegenheiten kümmern.«

Ich musste lachen. Wir redeten von einem Gegenstand. Nicht von einem Menschen. »Lies es laut vor«, verlangte ich.

Coral schnappte sich den Zettel und starrte darauf. »Ein Liebeszauber liegt in der Luft.«

»Bedeutet das, was ich denke, dass es bedeutet?«, fragte Daphne mit großen Augen.

Meine Mutter nickte. »Ja. Das ist das Werk des Tintenfasses.«

»Wo habt ihr die gefunden?«, fragte ich.

»Ich habe eine in meinem Briefkasten gefunden, und Magnolia die andere«, antwortete meine Mutter.

»Was war das mit einem Schloss?«, fragte Coral.

Daphne und ich wechselten einen Blick, denn wir wussten, dass wir aufgeflogen waren.

»Was habt ihr angestellt?«, fragte meine Mom und schaute zwischen uns hin und her.

»Wir haben uns ins Büro im Museum geschlichen«, sagte Daphne.

Ich wusste, dass sie nur die halbe Wahrheit erzählte, um uns zu schützen, aber ich hatte das Gefühl, dass es zwecklos war. Dafür waren meine Mutter und ihre Hexenfreundinnen viel zu scharfsinnig.

»Warum haben Sie das getan?«, fragte Magnolia mit in die Hüften gestemmten Händen. »Und Sie haben Magie benutzt? Hatten wir Sie nicht davor gewarnt, Magie anzuwenden?«, schalt sie.

»Ich war's. Es war nur ein ganz kleiner Zauber. Ich dachte nicht, dass es auffallen würde«, gab ich zu.

»Ist jetzt auch egal. Wir müssen dieses Tintenfass finden. Diesmal wurden die Zettel in unsere Fächer gelegt, aber was passiert, wenn sie dem Sheriff oder diesem albernen Ermittler für Übernatürliches übergeben werden?«, sagte Lila.

»Weiß das Tintenfass, wer den Zauber gewirkt hat?«, fragte ich. »Ich dachte, Sie hätten gesagt, es wüsste es nicht.«

»Das tut es auch nicht«, antwortete Coral.

»Warum sind die Zettel dann in Ihren Fächern aufgetaucht?«, fragte ich allgemein in die Runde.

Niemand schien eine Antwort zu haben, was nicht gerade beruhigend war.

»Setzen Sie sich bitte alle«, sagte ich und übernahm die Kontrolle über die Situation. Alle Frauen waren sichtlich bestürzt. »Ich hole uns etwas Wasser.«

Ich ging in die Küche, Daphne dicht auf meinen Fersen. Ich zog den Kühlschrank auf und holte sechs Flaschen Wasser heraus.

»Das kann nichts Gutes bedeuten«, murmelte Daphne.

»Wir müssen ihnen von den Bändern erzählen«, sagte ich zu ihr.

Sie rümpfte die Nase. »Müssen wir das? Du weißt doch, dass sie uns nur wieder eine Standpauke halten werden.«

Ich zuckte mit den Schultern. »Ich habe das Gefühl, dass sie es sowieso herausfinden werden. Dann können wir es auch gleich auf den Tisch legen.«

»Ich hasse es, wenn du vernünftig bist«, grummelte sie.

Ich kicherte. »Ich auch, aber ich kenne meine Mutter und sie wird es nicht auf sich beruhen lassen. Außerdem, wenn wir herausfinden, wer die blöden Dinger gestohlen hat, haben sie etwas zu tun.«

Wir brachten das Wasser hinaus und verteilten es. Die Stimmung im Raum war sehr gedrückt.

»Warum seid ihr Mädchen ins Museum eingebrochen?«, fragte Coral.

Ich sah Daphne an, die eindeutig nicht wollte, dass ich es ihnen erzählte, aber ich hatte das Gefühl, wir hätten keine andere Wahl. »Wir haben die Sicherheitsbänder mitgenommen.«

»Noch mehr Sicherheitsbänder?«, fragte meine Mutter mit hochgezogener Augenbraue.

Lila fing an zu kichern. »Was haben Sie nur mit diesen Sicherheitsbändern? Haben Sie unseren Übeltäter gefunden?«

»Noch nicht. Wir hatten gerade erst angefangen zu schauen, als ihr aufgetaucht seid«, erklärte Daphne.

»Ich habe Harold und George im Postamt belauscht. George gibt zu, die Truhe zu haben, aber er schwört, sie nicht gestohlen zu haben. Soweit ich aus dem Gespräch schließen konnte, sagt er, die Truhe sei einfach auf seiner Veranda aufgetaucht«, erklärte ich und war froh, dass alle zusammen waren, damit ich die Information nicht wiederholen musste.

»Er hat sie gestohlen. Offensichtlich hat er sie gestohlen«, sagte Coral verärgert.

»Warum hat Harold sie nicht beschlagnahmt?«, fragte meine Mom.

Wir sahen uns alle an und schauten dann zu Lila. Sie war diejenige, die den Mann um den Finger gewickelt hatte. Wenn jemand herausfinden konnte, warum, dann sie.

»Ich werde ihn fragen. Im Moment versuche ich nur, ihn von allem Übernatürlichen fernzuhalten«, sagte sie.

»Ich glaube, die stecken unter einer Decke«, stellte Coral fest.

»Das ist durchaus möglich«, fügte ich hinzu. »Harold ist seit dieser ganzen Fabrikgeschichte definitiv ein bisschen zu neugierig. Er macht mich nervös, und die beiden wirkten schon ein wenig vertraut miteinander.«

»Deshalb habe ich ihn ja auch in meinem Bann«, erwiderte Lila.

»Ich hoffe, Sie können ihn im Zaum halten. Bei dieser anderen Sache, die gerade läuft, haben wir keine Zeit, uns Sorgen zu machen, dass Harold herumschnüffelt«, sagte Coral mit unüberhörbarer Gereiztheit in der Stimme.

»Ich werde mein Bestes tun«, antwortete Lila und warf ihr Haar zurück.

Meine Mom drehte sich zu ihnen um und warf ihnen einen missbilligenden Blick zu. Sie war schon immer die Friedensstifterin gewesen, weshalb sie wahrscheinlich auch als Anführerin des Zirkels galt.

Sie nahm Lilas Hände in ihre. »Danke, Lila. Wir alle wissen zu schätzen, was Sie für uns tun. Wir wissen, dass Sie Ihr Bestes geben.«

»Danke, Lila. Ich wollte nicht so klingen, als wüsste ich nicht zu schätzen, was Sie tun«, fügte Coral mit einem Seufzer hinzu.

»Okay, das wäre geklärt. Lassen Sie sich von uns nicht aufhalten, Mädels«, sagte Magnolia mit einem warmen Lächeln. »Schauen Sie nur weiter.«

Lila stand auf und staubte unsichtbare Fussel von ihrem Rock. »Wir sollten gehen. Im Moment können wir nichts tun. Jeder muss dem Drang widerstehen, Magie zu benutzen, bis wir dieses Tintenfass aufgespürt haben. Finden Sie beide heraus, wer die Truhe genommen hat. Wir werden tun, was wir können, um herauszufinden, wer hinter dem Tintenfass steckt.«

Meine Mutter blieb zurück. »Macht, was ihr könnt, Mädels, aber geht bitte keine so großen Risiken ein.«

»Ich weiß, Mom. Wir waren vorsichtig«, sagte ich ihr.

»Gut. Denkt daran, niemand weiß, dass diese Gegenstände verzaubert sind. Nur eine Hexe kann die Macht spüren. Solange in Lemon Bliss keine anderen Hexen herumlaufen, haben wir etwas Zeit«, versicherte sie uns.

»Was ist mit diesem George? Violet sagte, er hätte alle möglichen Geräte, die Geister und Spuren von Magie aufspüren sollen«, fragte Daphne.

Meine Mom lächelte. »Liebes, wir hatten es schon mit Medien und sogenannten Hellsehern und jeder anderen Art von Person zu tun, die glaubte, Geister und was weiß ich nicht alles sehen zu können. Es gibt zwar sicherlich einige Menschen, die die Gabe haben, aber die sind nicht ganz so kühn. Diese Instrumente sind meiner Meinung nach Humbug. Sie benutzen sie, um naive Leute zu begeistern, die unsere Welt nicht verstehen. Es ist wirklich ziemlich traurig.«

»Warum wart ihr dann so besorgt wegen der beiden Typen, als sie in der Fabrik herumgeschnüffelt haben?«, fragte ich, etwas überrascht von ihrer Einschätzung der Dinge.

Sie verzog das Gesicht. »Ich glaube, einer von ihnen hatte tatsächlich einen magischen Hintergrund. Ich bin mir nicht sicher, ob es der Mann war, der gestorben ist, oder sein Partner. Sie sind uns ein wenig zu sehr auf die Pelle gerückt. Ich hoffe wirklich, dieser George ist nicht der, für den er sich ausgibt. Vorerst ist es unsere beste Option, die Gegenstände zurückzuholen und sie zu sichern. Was wir mit unserem unwillkommenen Besucher machen, überlegen wir uns, wenn wir mehr wissen.«

»Ist es immer so?«, fragte ich sie, da ich wissen musste, worauf ich mich da eingelassen hatte.

»Nein, Liebes. Ich verspreche dir, normalerweise ist es nicht so dramatisch. Die Mädels und ich haben eine lange Zeit ein weitgehend friedliches Dasein genossen. Zwar gab es immer Gerüchte, aber die meisten Leute sind fasziniert und mögen die Vorstellung, dass Hexen in Lemon Bliss umherstreifen. Die Probleme fingen erst an, als diese beiden Männer auftauchten, weshalb ich wirklich hoffe, dass wir ihn zu Tode langweilen können und er an einen anderen Ort weiterzieht. Es gibt mehr als genug Orte mit übernatürlichen Ereignissen, die man untersuchen kann.«

»Ich hoffe wirklich, dass er sich bald langweilt«, murmelte ich.

Meine Mutter wollte gerade hinausgehen, als sie innehielt. »Hast du den alten Obstgarten verzaubert?«, fragte sie und bezog sich dabei auf den alten Zitronenbaumgarten meiner Großmutter hinter dem Haus.

Mir war aufgefallen, dass die Zitronenbäume grüner zu werden schienen und sich langsam erholten, aber ich hatte mir nichts weiter dabei gedacht. Ich hatte es einfach der Jahreszeit zugeschrieben.

Kopfschüttelnd sah ich sie an. »Nein, wieso fragst du?«

»Ach, nur weil ich sie riechen kann. Ich schätze, sie werden dieses Jahr Früchte tragen, und das haben sie seit dem Tod deiner Großmutter nicht mehr getan.« Ihr Blick wurde wehmütig. »Vielleicht kannst du ja wieder anfangen, ihren Tee herzustellen.«

»Mama, im Ernst? Eins nach dem anderen. Ich freue mich ja, dass die Zitronenbäume vielleicht Früchte tragen, aber komm jetzt bloß nicht auf die Idee, dass ich vorhabe, die Fabrik wieder zu eröffnen. Das ist so viel Arbeit, damit wüsste ich gar nichts anzufangen.«

Sie grinste und drehte sich um. »Passt auf euch auf, Mädels, und lasst uns wissen, wenn ihr auf den Bändern etwas Nützliches findet«, sagte sie, bevor sie zur Tür hinausging.

Daphne und ich sahen uns an. »Später?«, fragte ich.

»Ja! Ich fahre nach Hause. Ich hinke mit der Wäsche hinterher und bei mir sieht es aus, als hätte eine Bombe eingeschlagen. Die Bänder können warten.«

Ich lachte. »Wir sehen uns morgen.«

Nachdem Daphne gegangen war, sah ich mich in meinem eigenen Haus um. Es war nicht direkt eine Katastrophe, aber ein bisschen Aufräumen konnte nicht schaden.

KAPITEL NEUN

Der darauffolgende Montag fing gut an. Wir hatten uns in der Bäckerei langsam eingespielt und zwei Nächte in Folge ohne mitternächtliche Treffen in der Fabrik geschafft. Es sah gut aus, abgesehen von dem kleinen Drama um die verschwundene Truhe und das Tintenfass. Die Gefahr, dass die Hexen enttarnt oder dunkle Mächte entfesselt werden könnten, schwebte in meinen Hintergedanken, aber ich tat mein Bestes, sie zu ignorieren.

Gegen Mittag schlenderte Daphne in die Küche und ließ die Tür zum vorderen Verkaufsbereich offen.

»Wenig los?«, fragte ich sie, während ich einen Kuchenteig ausrollte.

»Jep. Bin gerade mit der letzten Gruppe fertig geworden. Hast du dir gestern noch mehr von diesen Videokassetten angesehen?«

»Nein. Ich war mit Aufräumen beschäftigt und habe endlich die letzten paar Kisten ausgepackt, die ich noch hatte.«

»Ich habe auch noch Kisten zum Auspacken. Ich denke mir die ganze Zeit, wenn sie schon so lange eingepackt sind, brauche ich das Zeug da drin vielleicht gar nicht.«

»Da ist was dran. Schau vielleicht mal rein, was drin ist, bevor du sie wegwirfst. Man kann ja nie wissen.«

Das Glöckchen an der Eingangstür bimmelte und Daphne drehte sich um, um zu sehen, wer es war. »Hallo, Lila«, begrüßte sie sie.

Vom Tresen aus konnte ich Lilas Stimme hören. »Ist Violet da hinten?«

»Ich bin hier, Lila. Ich schiebe nur noch schnell diesen Kuchen in den Ofen, dann komme ich sofort raus«, rief ich.

Daphne ließ die Tür hinter sich zufallen, als sie wieder nach vorne ging. Ich wappnete mich, bevor ich zu ihr ging. Es bestand immer die Möglichkeit, dass Lila vorbeikam, um uns weitere beunruhigende Nachrichten zu überbringen. Ich hatte kein bisschen Magie angewendet. Diesmal war nicht ich diejenige, die in Schwierigkeiten steckte. Dessen konnte ich mir zumindest sicher sein.

Nachdem ich meine Hände gewaschen hatte, ging ich nach vorne, meinen kleinen Timer in der Hand, damit ich die Kuchen im Ofen nicht vergaß. Lila und Daphne saßen an einem Tisch und plauderten.

»Die neue Farbe steht dir super, Lila«, sagte ich lächelnd, als ich ihre ziemlich leuchtend violette Haarfarbe betrachtete.

Sie wuschelte es sich leicht auf und lächelte. »Harold meinte, er liebt meine lila Haare. Ich dachte mir, ich gebe ihm, was er wirklich mag.«

Ich nickte und setzte mich. »Was führt dich her?«, fragte ich und hoffte, es wären keine weiteren schlechten Nachrichten.

»Ich treffe mich hier mit Harold. Er brennt darauf, vorbeizukommen und ein paar von deinen Keksen zu probieren. Ich tue alles, was ich kann, um den Mann bei Laune zu halten. Er hat immer noch nichts über diese verdammte Truhe gesagt«, grummelte sie.

Wie aufs Stichwort riss Harold die Eingangstür auf. Lila lächelte strahlend und winkte Harold zu.

»Lila! Ich habe dich so sehr vermisst!«, rief er und ging auf sie zu.

»Guten Morgen, Harold«, grüßte ich.

Er bemerkte kaum, dass ich da war. Er hatte nur Augen für Lila.

»Wie geht's, Sheriff Smith«, sagte Daphne, als ob sie seine Aufmerksamkeitsspanne testen wollte.

Harold wollte seinen Blick nicht von Lila abwenden. Wow, ihr Liebeszauber schien gewirkt zu haben, wie durch *Magie*. Er war völlig von ihr hingerissen.

»Können wir dir etwas bringen?«, fragte ich Lila, da ich davon ausging, dass Harold mir nicht antworten würde.

Sie lächelte. »Ich gehe mal auf die Damentoilette. Ich nehme mir was, wenn ich zurückkomme«, sagte sie und stand von ihrem Platz am Tisch auf.

Harold sprang auf und sah aus, als wollte er ihr auf die Toilette folgen. Lila warf ihm ein Lächeln zu. »Du wartest genau hier.« Er tat, wie ihm geheißen, aber es war offensichtlich, dass ihm das nicht gefiel.

Ich blickte zu Harold und fragte: »Möchten Sie einen Keks?«

Endlich sah er in meine Richtung. »Oh ja. Einen mit Schokostückchen, wenn Sie das haben.«

Ich ging um den Tresen, holte einen Keks für ihn und brachte ihn rüber.

»Also, gibt es schon was Neues zu dem Einbruch im Museum?«, fragte ich in der Hoffnung, ihm ein paar Informationen zu entlocken.

Er schien mehr er selbst zu sein, wenn Lila nicht direkt vor ihm war. Er biss in den Keks und seufzte. »Köstlich!«

»Danke. Irgendein Wort zu dem Einbruch?«, fragte ich und lenkte ihn zurück zum eigentlichen Thema.

»Nö«, antwortete er.

Es ärgerte mich maßlos, dass er mir dreist ins Gesicht log. Ich musste mir auf die Zunge beißen, um nicht herausplatzen zu lassen, dass ich ihn hatte mit George über die Truhe reden hören.

»Oh, wirklich? Ich dachte, ich hätte das Gerücht gehört, dass jemand einen der Gegenstände gefunden hat«, sagte ich und hoffte, ihn aus der Reserve zu locken. Vielleicht hatte der Liebeszauber ihn etwas benebelt.

Harold zuckte mit einer Schulter. »Ach, ich höre ständig Gerüchte. Manche Leute bilden sich gerne ein, sie wären involvierter, als sie es wirklich sind. Diese Leute muss ich aussortieren.«

»Wie meinen Sie das?«, fragte ich.

Er sah mich an, und Argwohn trat in seinen Blick. »Ich meine, man kann nicht immer alles glauben, was man hört oder *mithört*.«

Ich schluckte. Wusste er, dass ich an dem Tag bei der Post gelauscht hatte? Bedeutete das, dass er George beschützte, oder deutete er an, dass er nicht glaubte, dass George die Truhe wirklich hatte? Die Art, wie er mich anstarrte, gab mir das Gefühl, dass er etwas wusste, was ich nicht wusste. Vielleicht hatte er dunkle Kräfte und wir wussten es nicht. Was, wenn er die Truhe geöffnet hatte?

»Wissen Sie, wer es war?«, fragte Daphne und kam direkt auf den Punkt.

Er zuckte mit einer Schulter. »Dieser übernatürliche Typ, der ist definitiv ein Verdächtiger, aber ich habe keine handfesten Beweise. Die Ermittlungen stehen noch am Anfang.«

Ich verdrehte die Augen. Das war eine Floskel. Ich wusste, dass es etwas war, was die Polizei wahrscheinlich lernte zu sagen. Es war im wahrsten Sinne des Wortes eine *faule Ausrede*.

»Oh«, murmelte ich und biss mir auf die Zunge, um nichts zu sagen, was den Mann beleidigen könnte.

Harold widmete sich wieder seinem Keks. Ich war einfach nur froh, dass seine Aufmerksamkeit auf etwas anderem als mir lag. Ich nahm mir vor, meine Mutter genauer nach der verschwundenen Truhe zu fragen. Ich musste wissen, ob die Person, die die Truhe geöffnet hatte, die Kräfte in sich aufgenommen hatte oder ob sie einfach im Universum umherschwebten. Meine Güte, die Dinge, über die ich mir dieser Tage Sorgen machte, waren einfach verrückt.

»Ich habe gehört, es waren ein paar Teenager«, warf ich ein, in der Hoffnung, Harold zum Weiterreden zu bewegen.

Ich wusste, sobald Lila zurückkehrte, würde er nicht mehr klar denken können. Ihr Zauber war ein wenig zu effektiv. Ich bezweifelte, dass er Lila etwas anderes würde sagen können, als wie sehr er sie liebte.

Er kaute und nickte. »Ich habe da ein paar Verdächtige im Auge.«

»Wer?«, fragten Daphne und ich wie aus einem Munde.

»Da wäre eine junge Frau, die auf meinem Radar aufgetaucht ist, Darlene Clayton. Eine andere Dame, Rosa Herrera. Ich kenne sie nicht besonders gut. Ihr Name tauchte auch auf, als ich ein paar Nachforschungen anstellte«, bot er an.

»Wie ...«, setzte ich zur Frage an.

In diesem Moment kam Lila aus dem Badezimmer, und es war, als hätte jemand einen Schalter umgelegt. Harolds Fokus richtete sich ganz auf sie, seine Augen verfolgten jeden ihrer Schritte, als sie durch die Bäckerei ging.

»Oh, das sieht aber gut aus«, sagte Lila mit einem Lächeln und beäugte den letzten Bissen des Kekses.

»Hier, Sie können ihn haben, meine Liebste«, sagte Harold und hielt ihn ihr hin.

»Ich hole dir einen, Lila«, sagte ich und stand vom Tisch auf.

Sie lächelte und tätschelte Harolds Hand. »Essen Sie ihn nur auf, mein Lieber. Ich muss auf meine Figur achten«, zwinkerte sie.

»Sie sind perfekt, so wie Sie sind«, versicherte er ihr.

Zum Würgen. Der Mann war total vernarrt in sie. Ich fühlte mich ein wenig schuldig, hatte aber das Gefühl, dass Lila ihn tatsächlich mochte und die Aufmerksamkeit keineswegs schlimm fand.

Ich holte einen Keks für Lila und wartete an ihrem Tisch, in der Hoffnung, noch ein paar Informationen aus Harold herauszubekommen. Ich hatte keine Ahnung, dass der Mann tatsächlich Verdächtige hatte. Ich kannte keinen der beiden Namen.

»Sheriff, was lässt Sie glauben, dass Rosa oder Darlene etwas mit dem Diebstahl im Museum zu tun hatten?«

Lila zog fragend eine Augenbraue hoch. Wir drei Frauen starrten Harold an und hofften, er würde uns einen Hinweis geben, aber er schien mich nicht gehört zu haben.

»Sind sie von hier?«, fragte Daphne. »Kennen wir sie?«

Harold lächelte Lilia nur an, sich unserer Anwesenheit generell nicht bewusst. Ich sah Lila an und flehte sie mit meinen Augen an, den Mann zum Reden zu bringen.

Sie ergriff seine Hand. »Harold, die Mädels stellen Ihnen Fragen über eine junge Dame namens Rosa.«

»Und Darlene«, fügte ich schnell hinzu.

»Sie sind so wunderschön«, murmelte er und starrte Lila in die Augen.

Es war ein aussichtsloses Unterfangen.

»Okay, also, ich sollte besser wieder an die Arbeit gehen«, murmelte ich, als mir klar wurde, dass wir mit Lila in der Nähe nicht weiterkommen würden.

»Harold, gehen Sie schon mal zum Auto, ich komme in einer Minute nach«, wies sie ihn an.

»Ich werde Sie vermissen«, bot er an, als er vom Tisch aufstand. Auf ihr Winken hin verließ er die Bäckerei.

Als er zur Tür hinaus war, drehte ich mich zu Lila um und stemmte die Hände in die Hüften. »Wie sollen wir jemals etwas aus ihm herausbekommen, wenn er an nichts anderes als dich denken kann?«

»Der Zauber war ein wenig effektiver, als ich erwartet hatte. Ich werde ihn nach den Namen fragen. Wer sind sie?«

Ich zuckte mit den Schultern. »Ich habe keine Ahnung. Er sagte, sie seien Verdächtige, aber ich hatte keine Gelegenheit, ihn zu fragen, warum, bevor du aus dem Bad kamst. Ich bin nicht sicher, ob dieser Zauber so eine gute Idee war.«

»Aber er hält ihn auf Trab, das ist sicher«, sagte Daphne mit einem Kichern.

Lila nickte. »Ja, das tut er, und das war der springende Punkt. Ich werde sehen, was ich herausfinden kann. Ihr Mädels findet heraus, wer diese Frauen sind. Wir alle haben unsere Aufgaben, und meine ist es, diesen Mann aus unseren Angelegenheiten herauszuhalten.«

Ich verdrehte die Augen. »Ich sehe schon, was für eine schwere Aufgabe das ist.«

Lila grinste und strich ihr lila Haar zurück. »Jemand muss es ja tun.«

Als sie gegangen war, wandte ich mich an Daphne. »Hast du diese Namen schon einmal gehört?«

Sie schüttelte den Kopf. »Ich glaube nicht, aber ich bin ja auch noch nicht so lange wieder in Lemon Bliss.«

»Und, meinst du nicht auch, Lila genießt diesen Zauber ein bisschen zu sehr?«, fragte ich.

Daphne verdrehte die Augen und schüttelte den Kopf. »Inwiefern ist das kein persönlicher Vorteil? Lila war schon immer ein bisschen in Harold verknallt. Jetzt opfert sie sich für das Team auf«, sagte sie und machte Anführungszeichen mit ihren Fingern.

»Jep, ich hoffe nur, dass dieser Zauber nicht nach hinten losgeht.«

Wir hatten keine Gelegenheit mehr, weiterzureden. Eine Gruppe von Kunden kam durch die Tür. Ich überprüfte den Timer in meiner

Tasche und ging in die Küche, um nach meinen Kuchen zu sehen und mich dem nächsten Projekt zu widmen.

Während ich arbeitete, zermarterte ich mir das Hirn und versuchte, die Namen mit Gesichtern in Verbindung zu bringen. Ich kannte die meisten Leute in der Stadt, aber es gab ein paar neue Gesichter, die mir nicht vertraut waren. Gabriel wusste es vielleicht. Ich sah auf meine Uhr und hoffte, ihn bald zu sehen. Wir hatten gestern kaum miteinander gesprochen, aber er hatte versprochen, heute irgendwann vorbeizuschauen.

Das würde mir ein paar Minuten geben, um ihn auszuhorchen. Das war nicht der einzige Grund. Wenn ich ihn in dieses eine Puzzleteil einweihte, würde er mir hoffentlich verzeihen, dass ich neulich so zugeknöpft war.

KAPITEL ZEHN

Wir steckten mitten im Nachmittagsloch, was bedeutete, dass ich in der Küche bleiben konnte. Ich machte meine Playlist an und entspannte mich beim Backen. Ich war gerade dabei, eine weitere Ladung Schokoladenkekse fertig zu backen, die sich bei den Schülern nach der Schule am besten verkauften, als ich die Glocken vorne hörte.

»Violet!«, rief Daphne.

»Komme schon«, sagte ich, wusch mir schnell die Hände und zog meine Schürze aus.

Ich ging nach vorne, wo Gabriel mit Kaffee und einem Blumenstrauß stand. Mein Herz machte einen kleinen Hüpfer, als ich in seine blauen Augen sah. Ich musste einen Weg finden, einige meiner Geheimnisse mit ihm zu teilen. Es war mir egal, was meine Mutter und die anderen dachten. Ich vertraute ihm, und das konnten sie auch. Ich würde ihn beschützen, sollte etwas Schlimmes passieren.

Das hoffte ich jedenfalls.

»Hallo«, sagte ich und nahm die Blumen entgegen.

Wir gingen zu einem der leeren Tische und setzten uns. Daphne grinste über das ganze Gesicht, wandte sich dann aber ab, um einige Kunden zu bedienen.

»Es tut mir leid«, platzte er heraus. »Ich weiß, es gibt Dinge, die du mir nicht erzählen kannst, und das ist für mich in Ordnung. Ich meine, es gefällt mir nicht immer, aber ich schätze, wenn ich mit dir zusammen sein will, muss ich damit rechnen, dass du ein paar Geheimnisse hast.«

Ich seufzte. »Es tut mir auch leid. Ich wusste, dass du verärgert warst, und war mir nicht sicher, wie ich damit umgehen sollte. Dieser ganze Hexenkram ist, na ja, ich bin immer noch dabei, alles herauszufinden. Anscheinend gibt es einige Dinge, über die ich nicht sprechen darf. Aber egal was ist, ich will nicht, dass du denkst, ich mache es mir zur Gewohnheit, Geheimnisse zu haben«, erklärte ich.

Er hob eine Hand. »Schon gut. Ich verstehe das.«

»Danke«, flüsterte ich.

»Wie ist es heute hier so gelaufen?«, fragte er und wechselte schnell das Thema.

»Nicht schlecht«, sagte ich und hielt inne, um einen Schluck von dem Kaffee zu trinken, den er mir mitgebracht hatte. »Harold ist vorbeigekommen. Das war interessant.«

»Oh, ja?«

Ich setzte ihn schnell darüber ins Bild, was ich auf dem Postamt mitgehört hatte, und informierte ihn über Harolds Verdächtige. Die genauen Einzelheiten über die Truhe ließ ich aus.

»Kennst du eine von beiden?«, fragte ich in der Hoffnung, dass er vielleicht etwas wüsste.

»Ich kenne Rosa vom Sehen. Ich habe mich nicht wirklich mit ihr unterhalten. Sie ist hier, seit ich vor ein paar Jahren hergezogen bin. Ich glaube nicht, dass ich sie wirklich oft in der Stadt gesehen habe, jetzt, wo ich darüber nachdenke. Vielleicht arbeitet sie in Ruby Red oder so.«

»Was ist mit der anderen, Darlene?«

Er sah eine Minute lang nachdenklich aus. »Sie ist relativ neu hier. Ich meine, ich weiß, dass sie vor dir hier war, aber ich könnte nicht genau sagen, wann sie aufgetaucht ist. Sie ist auch eine von denen, die ich vom Sehen kenne, aber nicht wirklich oft gesehen habe.«

»Ich frage mich, warum Harold sie verdächtigt?«, dachte ich laut nach.

»Keine Ahnung. Ich erinnere mich, dass ich Rosa einmal auf dem

Postamt begegnet bin. Sie ist nicht die freundlichste Sorte. Ich bin gegen sie gestoßen und habe mich entschuldigt. Bei dem Blick, den sie mir zugeworfen hat, hätte man meinen können, ich hätte ausgeholt und sie geschlagen.«

»Hm, das ist seltsam. Ich kann nicht glauben, dass ich keine von beiden je gesehen habe.«

»Wahrscheinlich hast du das, aber nie darauf geachtet.«

Ich seufzte. Ich wünschte, Gabriel wüsste mehr, aber es war, wie es war. Ich würde wohl meine eigenen Nachforschungen anstellen müssen. »Ich schätze, ich weiß, was ich zu tun habe.«

»Bitte sei vorsichtig. Wenn eine dieser Frauen wirklich verdächtig ist, dann aus gutem Grund. Man weiß nie, wozu sie fähig sind«, warnte er.

»Werde ich sein.«

»Ich muss los. Ich rufe dich heute Abend an. Vielleicht kann ich Abendessen mitbringen?«, fragte er hoffnungsvoll.

»Ich habe heute Abend tatsächlich schon was vor«, sagte ich mit einem Grinsen.

»Oh, wirklich? Hast du noch einen anderen Freund, von dem ich wissen sollte?«, scherzte er.

Ich zwinkerte ihm zu. »Jep, sie steht genau da drüben. Daphne und ich haben einen Mädelsabend geplant. Wir werden Pizza essen und eine Flasche Wein trinken, um unsere erste erfolgreiche Geschäfts-woche zu feiern.«

Er lächelte breit. »Morgen dann?«

»Klingt perfekt.«

Ich gab ihm einen schnellen Abschiedskuss und schickte ihn auf den Weg.

Daphne stand an der Theke und grinste wie ein Honigkuchen-pferd. »Er mag dich wirklich. Ich hoffe, du sagst unseren Müttern, sie sollen sich damit abfinden. Gabriel wird nicht so schnell verschwin-den, und du musstest nicht einmal irgendeinen albernen Zauber wirken.«

»Ich glaube, ich werde noch einmal mit den Damen reden. Ich habe kein Problem damit, im Zirkel zu sein, aber ich werde mir mein Leben nicht davon vorschreiben lassen. Ich werde nichts überstürzen, aber das Thema ist definitiv nicht vom Tisch. Ich mag es nicht, Geheimnisse zu haben.«

»Gut. Ich stehe hinter dir«, schwor sie.

Ich ging zurück in die Küche und machte mich gleich an die Arbeit. Ich hatte noch nicht viel geschafft, als meine Mutter vorbeikam und mich bat, mich zu ihr zu setzen und mit ihr zu plaudern. Ich fing an, diese Gespräche zu fürchten. Jedes Mal, wenn sie unangemeldet vorbeischaute, überbrachte sie weitere schlechte Nachrichten oder lud mir noch mehr Stress auf. Ich vermisste die Tage, an denen wir lachen und einfach über normale Dinge reden konnten.

»Es ist wenig los«, sagte Daphne, »mach eine Pause. Entspann dich.«

Ich schnappte mir eine Flasche Wasser und nahm eine für meine Mutter mit, bevor ich mich zu ihr an einen Tisch setzte. »Was ist los?«, fragte ich und fürchtete mich vor dem, was sie sagen würde.

»Oh, nichts Ernstes. Ich war heute nur ein bisschen neben der Spur.«

Ich konnte die Melancholie in ihrem Gesicht sehen. »Mom, bist du sicher, dass es dir gut geht?«

Sie schenkte mir ein mattes Lächeln. »Ich mache mir nur so große Sorgen um unsere Zukunft. Du bist gerade erst in die Stadt zurückgekehrt und wir hatten noch nicht einmal die Chance, unsere Zeit miteinander wirklich zu genießen. Ich hatte so große Pläne, dir die Welt der Hexen zu zeigen, und jetzt stehen wir vor einer weiteren Krise.«

Ich griff über den Tisch und drückte ihre Hand. »Das wird schon wieder. Wirklich. Ich bin sicher, dass das alles gut ausgehen wird.«

»Diese Truhe«, sagte sie und schüttelte den Kopf. »Wenn es jemandem gelingt, sie zu öffnen, stecken wir in echten Schwierigkeiten. Ich habe furchtbare Angst, Violet. Das habe ich wirklich. Es sind auch nicht nur wir in Gefahr, sondern alle Hexen, überall. Unschuldige Leben könnten zerstört werden, sollte man diesem Bösen erlauben, ungehindert sein Unwesen zu treiben.«

»Weißt du genau, was in der Truhe ist?«, fragte ich.

Sie schüttelte den Kopf. »Nicht wirklich. Die Informationen wurden von einer Generation zur nächsten weitergegeben, aber du weißt ja, wie das mit der stillen Post ist.«

»Dann ist es vielleicht gar nicht so schlimm, wie du denkst«, warf ich ein.

Sie grinste. »Ach, Schätzchen. Ich habe schon vor langer Zeit gelernt, dass es immer so schlimm ist, wie ich es mir ausmale. Das ist meine Gabe. Ich weiß, wenn Unheil droht, und ich kann dir garantieren, es ist da draußen und wartet nur darauf, zuzuschlagen.«

»Mom, du musst nicht immer gleich schwarzsehen. Hatten wir diese Diskussion nicht schon einmal?«, neckte ich sie und dachte an die ganze Sache mit dem toten Mann in der Fabrik zurück.

Das war eine große Aufregung gewesen, und als alles vorbei war, war es ein Unfall. Ein tragischer Unfall, aber trotzdem ein Unfall.

»Ach, Schätzchen, wenn dieser neugierige Mann, George Cannon, diese Truhe hat, befürchte ich, dass der jüngste Tag noch milde ausgedrückt ist.«

Ich zuckte mit einer Schulter, immer noch nicht daran interessiert, auszuflippen und mich wegen etwas aufzuregen, das noch nicht einmal passiert war. Zugegeben, mitten in der Nacht kreisten meine Gedanken um diese Sorgen, aber ich tat mein Bestes, damit das nicht den ganzen Tag so blieb. »Ich dachte, du hättest gesagt, nur eine Hexe wüsste, was man mit der Truhe macht oder könnte erkennen, was drin ist?«

»Das stimmt.«

»Dann müssen wir uns keine Sorgen machen, dass George sie öffnet, oder?«

Sie schüttelte den Kopf. »Jeder, der weiß, wie man Magie benutzt, könnte die nötigen Kräfte beschwören, um sie zu öffnen.«

»Ich glaube nicht, dass der Mann von Grund auf böse ist. Ich glaube, er ist neugierig und eine kleine Klatschtante, die Aufmerksamkeit sucht, aber ich glaube nicht, dass er dabei ist, böse Geister zu beschwören«, sagte ich ihr in aller Ehrlichkeit.

Sie lächelte, und es war ein echtes Lächeln. »Wie bist du nur so klug geworden?«

Ich kicherte. »Ich hatte eine gute Lehrerin.«

»Okay, ich werde versuchen, mir nicht zu viele Sorgen zu machen, aber Violet, das ist sehr ernst. Selbst wenn er sie nicht öffnen und das Böse freisetzen kann, bin ich sicher, er könnte einen Weg finden, unsere Geheimnisse aufzudecken. Dieses dumme Tintenfass könnte das sehr gut für uns erledigen«, sagte sie mit einem Seufzer.

»Wir wissen, dass George die Truhe hat. Er hat sie seit Tagen und hat nichts getan. Ich denke, wir haben Zeit, das herauszufinden. Wenn er des Diebstahls unschuldig ist, ist er nicht unser Problem. Wenn jemand anderes die Truhe auf seine Veranda gestellt hat, dann hat er es mit Absicht getan, in der Hoffnung, dass George es irgendwann herausfindet«, überlegte ich und hoffte, dass ich recht hatte.

Sie nickte und nahm einen langen Schluck Wasser. »Ich hoffe, du hast recht.«

»Daphne und ich werden uns heute Abend die Überwachungsvideos ansehen. Harold hat ein paar Namen erwähnt. Ich werde mal nachforschen, was ich herausfinden kann.«

»Danke, Violet. Du bist immer so besonnen. Ich werde in die Fabrik gehen und in unserem Buch nachsehen. Vielleicht steht da etwas über das Tintenfass drin. Wenn wir nur frei Magie anwenden könnten, wäre die ganze Situation schnell gelöst.«

»Oder es könnte alles noch schlimmer machen. Machen wir es erst mal auf die altmodische Art, und dann verfallen wir in Panik«, grinste ich.

»Zu einem viel einfacheren Thema: Wie läuft das Geschäft heute?«, fragte sie.

»Etwas langsamer, was eigentlich ganz angenehm ist. Wir hatten immer noch gut zu tun, aber es pendelt sich ein. Ich sollte zurück in die Küche, damit ich alles fertig machen und zu einer anständigen Zeit hier rauskomme«, sagte ich ihr und stand von meinem Stuhl auf.

»Ich will dich nicht aufhalten. Ruf an, wenn du etwas Interessantes auf den Bändern siehst.«

»Mache ich. Tschüss, Mom«, sagte ich und umarmte sie kurz, bevor sie ging.

Einen Moment später kam Daphne kopfschüttelnd in die Küche. »Diese Frauen holen sich noch ein Magengeschwür.«

Ich lachte. »Da hast du recht. Hoffentlich finden wir heute Abend etwas auf diesen Bändern.«

Sie schaute auf die Uhr an der Wand. »Noch ein paar Stunden und dann ist Weinzeit!«

»Du darfst dich nicht volllaufen lassen. Denk dran, wir sollen eine Ermittlung durchführen.«

Sie grinste. »Ich kann einen Schwips haben, und du kannst die Ernste sein – wie üblich.«

»Nicht fair!«

Sie lachte und ging wieder nach vorne. Das Glöckchen über der Tür bimmelte, und Stimmen drangen zu mir.

Ich machte mich daran, Tortenböden auszurollen, und dachte über alles nach, was wir bisher wussten. Ich war sehr neugierig auf Rosa und Darlene, Harolds mysteriöse Verdächtige.

KAPITEL ELF

Kurz vor Ladenschluss war ich mit dem Aufräumen in der Küche fertig und schlenderte nach vorne, wo ich Daphne auf einem Hocker hinter der Kasse sitzen sah, wie sie in einer Zeitschrift blätterte.

»Das ist mal eine nette Abwechslung, was?«

Sie lächelte und nickte, sah dabei aber ein wenig schuldbewusst aus. »Ja, und das nutze ich voll aus. Schau dir das mal an«, sagte sie und hielt die Zeitschrift hoch. Erst da bemerkte ich, dass sie einen Katalog für Gastronomiebedarf in der Hand hielt. Das konnte in Daphnes Händen gefährlich werden.

»Was ist das?«

»Eine schicke Kaffeemaschine. Wir müssen in Sachen Kaffee eine Schippe drauflegen. Ich glaube nicht, dass wir Crooked Coffee Konkurrenz machen werden, aber es ist eine tolle Möglichkeit, den Gewinn zu steigern, ohne wirklich viel mehr Arbeit zu haben«, erklärte sie.

Ich wäre begeistert, eine Kaffeemaschine im Laden zu haben. Das würde mein Leben so viel einfacher machen. »Machen wir!«

»Wirklich? Ich kann das hier bestellen?«

»Auf jeden Fall. Bestell auch gleich das ganze Zubehör mit«, fügte ich hinzu.

Sie sprang von ihrem Hocker und schnappte sich ein kleines Notizbuch.

»Während du das machst, werde ich in der Küche ein wenig über die beiden Frauen recherchieren, die Harold erwähnt hat.«

Sie war damit beschäftigt, sich Notizen in ihr kleines Buch zu machen. »Okay, klingt gut«, murmelte sie.

Ich ging zurück in die Küche, holte meinen Laptop hervor und setzte mich auf einen Hocker an der Theke. Ich tippte Darlenes Namen in die Suchleiste und wartete.

Es dauerte eine Weile, die Namen zu filtern, bis ich ein paar ihrer Social-Media-Profile fand. Das gab mir eine Vorstellung davon, wo sie früher gewohnt hatte, und von da aus grenzte ich meine Suche ein.

»Wow«, flüsterte ich in den Raum. Darlene war ein Stadtmädchen. Sie hatte viel Zeit in New York City verbracht. Wie um alles in der Welt war sie in Lemon Bliss, Louisiana, gelandet? Der Ort war auf den meisten Karten nicht einmal verzeichnet.

Ich klickte auf einen Link zu einem archivierten Zeitungsartikel, der mich tief in den Kaninchenbau führte.

»Daphne!«, rief ich.

Sie stieß die Küchentür auf. »Was ist los?«, fragte sie.

»Schau!«, sagte ich und zeigte ihr meinen Laptop.

Sie las den Artikel schnell durch. »Oje! Ist das *die* Darlene?«

Ich nickte. »Soweit ich das beurteilen kann. Erkennst du sie?«

Sie musterte das Bild. »Ich weiß nicht. Sie kommt mir bekannt vor, aber ich kann sie nicht zuordnen.«

»Siehst du, was da steht?«, fragte ich aufgeregt. »Sie muss diejenige sein, die aus dem Museum gestohlen hat. Das ist ein Muster!«

Daphne sah nicht überzeugt aus. »In dem Artikel steht, dass sie Artefakte gestohlen und Fälschungen angefertigt hat. Mit dieser Masche hat sie Geld verdient. Mit einer alten Truhe, die keinen wirklichen Wert hat, wird sie kein Geld verdienen. Und sie hat sie nicht durch eine andere ersetzt. Das scheint nicht ihr M.O. zu sein.«

Ich brach in Gelächter aus. »Du hast zu viele Filme gesehen. Ihr M.O.?«, fragte ich.

Sie lachte. »Du weißt, was ich meine. Kommt dir das nicht etwas weit hergeholt vor?«

Ich zuckte mit den Schultern. »Ich kenne mich mit den Gedanken von Kriminellen nicht so gut aus.«

Daphne starrte auf das Bild der Frau. »Ich kenne sie von irgendwoher.«

»Vielleicht sehen wir sie heute Abend auf den Videos! Wenn wir beweisen können, dass sie es war, können wir die Truhe von George zurückholen. Wir sagen ihm, dass wir wissen, dass er unschuldig ist, und vielleicht ist er uns so dankbar, dass wir seine Unschuld bewiesen haben, dass er von der Untersuchung des Übernatürlichen ablässt«, sagte ich, während meine Gedanken rasten bei der Vorstellung, dass all das bis morgen früh sauber und ordentlich abgeschlossen sein könnte.

Daphne sah mich mit hochgezogener Augenbraue an. »Und wer von uns hat jetzt zu viele Filme gesehen?«

»Ach, komm schon. Du musst zugeben, dass es ein seltsamer Zufall zwischen den beiden Situationen ist. Diese Dinge sind seit Jahrzehnten in diesem Museum und niemand hat sie angefasst. Die meisten Leute interessieren sich nicht einmal dafür und sehen sie nur als etwas aus alten Zeiten an. Und dann taucht diese Darlene in der Stadt auf und plötzlich verschwinden sie.«

»Wir wissen nicht, wie lange sie schon hier ist. Wir wissen, dass es mindestens sechs Monate sind, wahrscheinlich länger. Warum sollte sie bis jetzt warten, um die Gegenstände zu stehlen?«, fragte Daphne.

Sie hatte recht, aber ich war noch nicht bereit, meine Theorie aufzugeben. »Was, wenn sie den Ort ausgekundschaftet und auf den richtigen Zeitpunkt gewartet hat?«

Daphne verdrehte die Augen. »Du hast gesehen, wie einfach es für uns war, dort einzubrechen. Ich glaube nicht, dass sie monatelang hätte warten müssen, um sich zu holen, was sie wollte.«

»Vielleicht doch. Vielleicht hat sie Nachforschungen angestellt und herausgefunden, was die Truhe und das Tintenfass wirklich sind«, sagte ich mit leiser Stimme. Der Gedanke, dass sie die magischen Eigenschaften der beiden kannte, war ein wenig beängstigend. »Vielleicht arbeitet sie mit George zusammen! Das muss es sein!«

Jetzt hatte ich Daphnes Aufmerksamkeit. Sie legte den Kopf schief. »Ich weiß nicht. Ich schätze, du könntest recht haben. Wir müssen uns diese Bänder ansehen.«

Ich schaute zur Uhr auf. »Zehn Minuten. Sorgen wir dafür, dass wir für den Feierabend bereit sind, damit wir pünktlich gehen können«, sagte ich zu ihr, entschlossener denn je, meine Theorie zu beweisen.

»Deinetwegen hoffe ich, dass du recht hast. Ich glaube, mir wäre es lieber, wenn es der Ermittler wäre. Mir gefällt die Vorstellung nicht, dass ein Feind monatelang unter uns lebt, ohne dass einer von uns klüger ist. Das spricht nicht gerade für unsere Supersinne, oder?«

»Nein, aber vielleicht ist sie irgendwie getarnt. Ich meine, wenn die Verzauberungen in der Truhe dazu gedacht waren, Hexen vor Entdeckung zu schützen, ist sie vielleicht eine böse Hexe und fällt unter denselben Schutz.«

Daphne warf kapitulierend die Hände in die Luft. »Mir schwirrt der Kopf von dir. Entspann dich, leg das weg und lass uns das Schritt für Schritt angehen. Du machst dich noch verrückt, und mich gleich mit.«

Ich seufzte, denn ich wusste, dass sie recht hatte. Ich neigte dazu, voreilige Schlüsse zu ziehen. Darlene könnte völlig unschuldig sein. Ich würde die Mistgabel noch nicht herausholen. Ich würde warten, bis ich einen handfesten Beweis hatte.

»Na gut«, murmelte ich, »aber wenn ich sie auf diesem Überwachungsvideo sehe ...« Ich ließ die Drohung in der Luft hängen. Ehrlich gesagt wusste ich nicht genau, was ich tun würde. Das würde ich herausfinden, wenn es so weit war.

Die Glöckchen an der Eingangstür bimmelten und kündigten einen Kunden an. Daphne ging nach vorne in den Laden. Nachdem sie ihn begrüßt hatte, erkannte ich Harolds Stimme, die zu mir nach hinten drang.

»Perfekt«, sagte ich zu mir selbst und klappte meinen Laptop zu. Ich wollte herausfinden, wie viel er wirklich über diese Darlene wusste. Wenn er ihre Vergangenheit kannte, würde das erklären, warum sie eine seiner Verdächtigen war.

»Hallo, Harold«, sagte ich, als ich nach vorne ging, froh, dass er allein war.

Lila hätte es ihm schwer gemacht, einen klaren Gedanken zu fassen. Ich wollte seine volle Aufmerksamkeit.

»Hallo, Frau Broussard«, sagte er mit einem breiten Lächeln.

Ich stöhnte innerlich auf. Er stand eindeutig immer noch unter dem Einfluss von Lilas Zauber.

»Ich habe gerade an Sie gedacht«, sagte ich und hoffte, ihn damit becircen zu können.

»Wirklich?«, fragte er und klang überrascht.

»Ja, ich habe mich gefragt, ob Sie neue Erkenntnisse zum Diebstahl im Museum haben? Ich habe ein wenig über eine der Frauen recherchiert, die Sie erwähnt haben«, sagte ich in der Hoffnung, ihn zum Reden zu bringen.

Daphne reichte ihm seinen Schokoladenkeks. *Gut.* Liebe geht ja bekanntlich durch den Magen.

Ich folgte ihm zu einem Tisch und setzte mich zu ihm. »Lila trifft sich hier mit mir«, sagte er, immer noch lächelnd.

»Oh, das ist ja schön.«

Er nickte und biss in seinen Keks. »Das ist es ganz gewiss. Ist sie nicht die schönste Frau, die Sie je gesehen haben?«

Ich biss mir auf die Zunge, um nicht loszukichern. »Harold, wegen dieser Frau, Darlene. Ich habe ein wenig über ihre Vergangenheit nachgeforscht. Wissen Sie, wer sie ist?«

Er zuckte mit einer Schulter. »Um Darlene mache ich mir keine Sorgen. Ich konzentriere mich auf diesen George.«

»Wirklich?«, fragte ich überrascht. »Ich dachte, Sie wären überzeugt, dass er es nicht war?«

»Ich sagte, es sei eine laufende Ermittlung. Das bedeutet, ich gehe Spuren nach. Ich richte mich nach den Beweisen.«

»Oh, ich verstehe. Haben Sie sich mit Darlenes Hintergrund beschäftigt?«, bohrte ich nach.

Gestern war ich noch überzeugt gewesen, dass es George war, doch nachdem, was ich online gelesen hatte, neigte ich eher dazu, George zu glauben und Darlene zu verdächtigen.

»Ich weiß ein bisschen was. Warum? Was lässt Sie glauben, dass sie es war?«, fragte er zwischen zwei Bissen.

»Ich habe einen Artikel über ihre Vergangenheit in New York City gelesen. Sie wurde beschuldigt, verschiedene Artefakte aus einem

Museum gestohlen und durch Fälschungen ersetzt zu haben«, erklärte ich. »Vielleicht hat sie das hier auch getan.«

Er nickte weise. »Ja, das weiß ich alles, aber sie wurde nie verurteilt. Es gab keine Beweise. Die Leute können spekulieren, so viel sie wollen, aber wenn es keinen Beweis gibt, kann man nicht viel machen.«

»Aber rechtfertigt das nicht zumindest, dass Sie sie und ihre Alibis genauer unter die Lupe nehmen?«

Er zog eine Augenbraue hoch. »Versuchen Sie mir gerade zu sagen, wie ich meinen Job machen soll?«

»Oh nein, überhaupt nicht«, sagte ich, da mir klar wurde, dass ich es nicht zu weit treiben sollte.

»Ich gehe allen möglichen Spuren nach. Ich glaube nicht, dass sie es war. Anstelle der gestohlenen Gegenstände wurde nichts zurückgelassen«, gab er zu bedenken.

»Ich weiß, aber vielleicht, weil sie dachte, niemand würde sie vermissen«, argumentierte ich.

Er nahm noch einen Bissen. Während er kaute, versuchte ich, mir eine bessere Art und Weise zu überlegen, wie ich ihm sagen könnte, was er meiner Meinung nach tun sollte. Ich musste mir gar nicht erst die Mühe machen.

Lila rauschte durch die Tür und Harold verwandelte sich von einem Polizisten in einen gefühlsduseligen Waschlappen. Dieser dämliche Liebeszauber machte die Sache wirklich schwierig.

»Hallo Lila«, sagte ich knapp.

Sie sah mich an und zog die Augenbrauen hoch. »Stimmt was nicht, meine Liebe?«

»Überhaupt nicht. Ich habe gerade mit Harold über die Ermittlungen im Museum gesprochen. Ich habe ein wenig nachgeforscht und ein paar Informationen gefunden, die ich für den Fall für relevant hielt.«

Harold hatte praktisch vergessen, dass ich da war, und winkte Lila zu, meinen Platz einzunehmen. »Setzen Sie sich, setzen Sie sich, meine Liebe«, sagte er zu Lila.

Ich stand auf und machte meinen Stuhl frei. Daphne stand am Tresen, und als ich zu ihr blickte, funkelte es in ihren Augen. Sie zuckte mit einer Schulter, als wollte sie sagen, dass man da nichts machen könne.

Sie hatte recht. Solange Harold Lila anschmachtete, konnten wir nichts tun. Er ermittelte zwar nicht gegen uns, aber er kümmerte sich auch nicht um die Sache mit dem Museum. Ich konnte es nicht ertragen, mir die Szene in unserem Gastraum anzusehen, und ging zurück in die Küche. Ich musste darauf vertrauen, dass Lila wusste, was sie tat.

KAPITEL ZWÖLF

Nicht viel später, nachdem wir Harold praktisch aus der Bäckerei geworfen hatten und ich zu Hause angekommen war, zog ich mir eine bequeme Hose und ein langes T-Shirt an, bevor ich nach unten ging. Daphne konnte jeden Moment kommen. Ich freute mich darauf, endlich die Überwachungsbänder aus dem Museum durchzusehen.

Ich blieb am Küchenfenster stehen und schaute hinaus. Es dämmerte, die Sonne stand tief am Horizont und der alte Zitronenhain zeichnete sich als Schatten vor dem Himmel dahinter ab. Der Duft von Zitronen wehte durch die Fenster. Ich liebte diesen Geruch. Er erinnerte mich an meine Großmutter. Damals, als sie die Fabrik noch betrieb, hatte sie sich immer um die Haine gekümmert und war oft zwischen den Bäumen spazieren gegangen. Jetzt wusste ich, dass sie sie wahrscheinlich verzauberte. Ich fragte mich, was den Bäumen dieses Jahr auf die Sprünge geholfen hatte, denn ich war es ganz sicher nicht gewesen.

Das Klingeln an der Tür riss mich aus meinen kurzen Träumereien. Ich eilte zur Haustür, um sie zu öffnen. Daphne stand da und hielt einen Pizzakarton und eine Flasche Wein in den Händen.

»Bist du bereit, die Party zu starten?«, fragte sie mit einem Grinsen.

»Das bin ich. Ich habe auch schon Käse und Cracker und eine Flasche Rotwein bereitgestellt.«

Sie kam herein und schob den Pizzakarton auf den Couchtisch. »Ich hätte auf dem Weg hierher fast schon ein Stück gegessen. Es hat so gut gerochen und ich verhungere langsam. Ich glaube, ich kann keinen einzigen Keks und keinen Muffin mehr sehen, was mich daran erinnert, dass ich mir für morgen ein gesundes Mittagessen einpacken muss. Ich nehme allein diesen Monat zehn Kilo zu, wenn ich weiter von deinen köstlichen Leckereien nasche, die aus dieser Küche kommen.«

Ich lachte. »Glaub mir, das Gleiche habe ich auch durchgemacht, im ersten Jahr oder so, als ich angefangen habe. Du wirst gegen die Gerüche und die Versuchung immun werden.«

»Ich hoffe es.«

»Ich hole schnell ein paar Gläser«, sagte ich und ging in Richtung Küche.

Als ich zurückkam, stellte ich die Weingläser, Pappteller und einen Stapel Servietten auf den Couchtisch vor dem Sofa.

»Spiel den Film ab. Ich habe fast Angst, dass ich mich langweilen und einschlafen werde«, murmelte Daphne zwischen zwei Pizzabissen.

»Ich hoffe nicht. Ich setze viel zu viel Hoffnung darauf, dass wir etwas finden. Wenn nicht, wäre das ein echter Reinfall.«

Nachdem ich das Band gestartet hatte, ließ ich mich neben ihr auf die Couch fallen. Wir schauten einige Minuten lang schweigend zu, aßen Pizza und tranken Wein. Es wäre ein lustiger, entspannter Abend gewesen, wenn nicht so viel davon abgehangen hätte, dass wir etwas finden, um die ganze Situation zu einem Ende zu bringen.

»Das war Zeitverschwendung«, sagte Daphne, als das erste Band zu Ende war und wir nichts als Gruppen von Touristen gesehen hatten, die durch das Museum schlenderten.

Ich legte das nächste Band ein und ließ mich wieder auf die Couch fallen, wobei ich schnell die Hoffnung verlor, dass wir etwas finden würden.

»Da!«, rief Daphne und sprang auf.

Ich stand ebenfalls auf und trat näher an den Fernseher, um das

Bild besser zu erkennen. »Das ist sie! Das ist sie!«, klatschte ich vergnügt in die Hände. »Das ist Darlene!«

»Warte, lass uns sehen, ob wir erkennen können, ob sie etwas mitnimmt«, mahnte Daphne.

Leider passierte nicht wirklich etwas. Man sah Darlene im Museum herumlaufen, aber sie nahm definitiv nichts mit, was wir hätten sehen können.

»Das ist der Tag, an dem die Truhe gestohlen wurde«, sagte ich und zeigte auf den Datumsstempel. »Sie hat gerade direkt in die Kamera geschaut! Sie weiß, dass sie aufgenommen wird.«

In meinen Augen machte sie das schuldig. Warum sollte sie ins Museum gehen, es auskundschaften und dann in die Kamera schauen? Sie versuchte offensichtlich herauszufinden, wohin die Kameras gerichtet waren.

»Warum haben wir nicht mit diesem Band angefangen?«, fragte sie.

Ich zuckte mit den Schultern. »Die Bänder sind nicht beschriftet. Ich habe nicht daran gedacht«, sagte ich, verlegen darüber, dass ich ein so offensichtliches Detail übersehen hatte.

»Sie tut nichts«, bemerkte Daphne. »Schau! Sie geht!«

Ich hielt das Band an, um zu sehen, ob sie etwas in den Händen hatte. Sie waren leer.

»Vielleicht kommt sie später zurück«, sagte ich hoffnungsvoll.

Wir machten es uns wieder auf der Couch bequem, nippten an unserem Wein und starrten gebannt auf den Fernseher.

»Wer ist das?«, fragte ich.

»Ich kenne nicht jeden in Lemon Bliss«, entgegnete Daphne.

»Nein, schau mal. Diese Frau geht mit einem Stock. Gabriel hat mir erzählt, dass Harolds andere Verdächtige, Rosa, einen Stock hatte.«

»Violet, viele Leute benutzen Gehstöcke«, sagte sie trocken.

Ich beobachtete, wie die Frau zu dem kleinen Tisch ging, auf dem die Truhe ausgestellt war. Sie las das kleine Schild davor.

»Sie rührt sich nicht vom Fleck«, flüsterte ich.

Daphne beugte sich auf der Couch vor, ihr Blick war auf das Bild gerichtet. »Nimm sie«, hauchte sie. »Wir haben dich. Nimm sie.«

Sie nahm sie nicht. Stattdessen ging Rosa weiter und begutachtete viele der ausgestellten Gegenstände, bevor sie vor dem Tintenfass innehielt.

»Das muss es sein«, sagte ich und hoffte, dass wir endlich unsere Täterin gefunden hatten.

Wir sahen zu, wie die Frau zur Truhe zurückging. Sie streckte eine Hand aus, um sie zu berühren, zog sie aber schnell wieder zurück, als hätte sie sich verbrannt.

»Was war das?«, fragte Daphne und sah mich mit großen Augen an.

Ich schüttelte den Kopf. »Ich habe keine Ahnung, aber das müssen wir den anderen auf jeden Fall erzählen.«

Ich war überzeugt, dass sie unsere Schuldige war, aber als sie mit leeren Händen aus der Tür ging, war ich kurz davor, aufzugeben.

»Das fühlt sich an wie ...«

»Das ist er!«, schrie ich den Fernseher an.

Daphne beugte sich mit mir vor, während wir gespannt zusahen. George Cannon war gerade an Rosa vorbei ins Museum gegangen. Sie wechselten einen Blick, bevor er direkt auf die Truhe zuging. Wir konnten sehen, wie Rosa ihn von der Eingangstür aus beobachtete. Als er sie bemerkte, wirbelte sie herum und ging.

»Das war seltsam«, murmelte ich.

»Ich glaube, die kennen sich. Was, wenn sie bei diesem Raub zusammengearbeitet haben?«, schlug Daphne vor.

»Ich glaube, du könntest recht haben. Es sah ganz danach aus, als ob sie sich kennen. Vielleicht arbeiten alle drei zusammen. Darlene und Rosa haben den Ort ausgekundschaftet und herausgefunden, wo die Gegenstände und die Kameras positioniert waren, und jetzt rückt George an, um sie zu holen.«

Daphne nickte. »Sieh dir diesen großen Trenchcoat an, den er trägt. Wer trägt denn einen Trenchcoat, wenn es draußen noch warm ist?«

»Guter Punkt. Was macht er jetzt?«, fragte ich und kniff die Augen zusammen, um besser sehen zu können, nicht dass es geholfen hätte.

»Es sieht aus wie ein Notizbuch. Er schreibt etwas auf«, deutete Daphne auf das Buch.

Ich sah zu, wie er die Truhe musterte und sich dann Notizen machte. »Das wird ja immer seltsamer«, sagte ich leise vor mich hin.

Daphne lachte. »Das habe ich schon eine Weile nicht mehr gehört, aber du hast den Nagel auf den Kopf getroffen. Das alles ist sehr seltsam.«

George steckte das Notizbuch in seine Tasche und schlenderte durchs Museum. Als er den Tisch mit dem Tintenfass erreichte, zog er das Notizbuch wieder hervor und begann zu schreiben.

»Okay, ich denke, man kann mit Sicherheit sagen, dass er weiß, dass diese beiden Dinge mehr als nur einfache Artefakte aus der Geschichte von Lemon Bliss sind«, verkündete ich.

»Ich glaube, du hast recht, was *überhaupt nicht* gut ist. Wenn er es weiß, bedeutet das, dass er vielleicht auch weiß, wie man die Truhe öffnet. Unsere Mütter werden durchdrehen«, sagte sie und schüttelte den Kopf. »Ich brauche mehr Wein, um das durchzustehen.«

Ich stöhnte, da ich wusste, dass wir es ihnen sagen mussten, aber ich fürchtete mich vor ihrer Reaktion. »Du weißt, dass sie eine Notfall-Zirkelsitzung einberufen werden.«

Sie nickte. »Jep.«

Wir sahen uns den Rest der Aufnahme an, aber wir sahen nie, wie jemand die Truhe und das Tintenfass tatsächlich mitnahm.

»Wie seltsam ist das denn? Sie sind immer noch da«, sagte Daphne.

»Lass uns die nächste Aufnahme ansehen. Vielleicht sind sie erst am nächsten Tag verschwunden. Die Dame, die den Laden schmeißt, könnte sich geirrt haben«, meinte ich vernünftig.

Daphne füllte unsere Weingläser nach, während ich die Kassetten austauschte. Ich brauchte mehrere Versuche, bis ich den richtigen Tag fand.

»Sie sollten wirklich anfangen, die zu beschriften«, beschwerte ich mich.

Daphne prustete los. »Damit wir, wenn wir wieder in ihr Büro einbrechen und sie stehlen, wissen, welche Kassetten wir brauchen?«

Ich verdrehte die Augen und zuckte mit den Schultern. »Ja, genau. Ein bisschen Entgegenkommen würde nicht unbemerkt bleiben«, sagte ich in einem hochmütigen Ton.

Wir fingen beide an zu kichern. Der Wein stieg uns direkt zu Kopf.

»Sie sind weg«, sagte Daphne und zeigte auf die Stelle, an der die Truhe hätte stehen sollen.

»Wie ist das überhaupt möglich?«, fragte ich erstaunt.

Daphne zuckte mit den Schultern. »Sie müssen die Kamera deaktiviert haben, bevor sie die Truhe mitgenommen haben. Das erklärt, warum die beiden Damen in die Kamera geschaut haben.«

»Harold hatte recht, Rosa und Darlene zu verdächtigen. Jetzt müssen wir ihn dazu bringen, sich neben George auch auf sie zu konzentrieren. Ich finde, es ist offensichtlich, dass sie etwas mit dem Diebstahl zu tun hatten«, sagte ich, vollkommen überzeugt.

»Rufst du deine Mutter an, oder soll ich?«, murmelte Daphne und lehnte ihren Kopf gegen die Sofalehne.

Ich warf ihr einen Blick zu, nahm noch einen Schluck Wein und zuckte mit den Schultern. »Mach du.«

»Ugh«, stöhnte sie und griff nach ihrem Handy auf dem Couchtisch.

Ich knabberte an einem weiteren Stück Pizza, während ich zuhörte, wie Daphne ihre Mutter auf den neuesten Stand brachte.

»Dann muss uns eine von euch abholen«, sagte sie als Antwort auf etwas, das ihre Mutter gesagt hatte. »Keine von uns beiden darf noch Auto fahren.«

Sie tippte auf ihren Bildschirm, um den Anruf zu beenden, nahm einen Schluck Wein, bevor sie den Kopf drehte, um mich anzusehen. »Rate mal«, sagte sie mit einem sarkastischen Lächeln.

»Hmm, ach, ich frage mich, was das wohl sein könnte.«

»Jep, trink aus, meine Liebe, denn meine Mutter kommt uns abholen und bringt uns zu einer Notsitzung in die Fabrik.«

»Ich nehme den Wein mit«, sagte ich und leerte schnell das Glas, das ich in der Hand hielt.

Daphne stürzte ihr Glas ebenfalls hinunter, bevor sie schnell ein weiteres Stück Pizza aß.

»Können wir nicht hier reden?«, fragte ich.

Sie schüttelte den Kopf. »Nein. Sie glauben, dass sie jemand beobachtet. Sie wollen nicht alle zusammen gesehen werden.«

Ich nickte, als es bei mir dämmerte. »Natürlich.«

Es dauerte nicht lange, bis Magnolia auftauchte, um uns zur Fabrik mitzunehmen. Es gab einen kleinen Streit darüber, ob die Flasche Wein mitkommen durfte, aber Daphne setzte sich durch. Wir kamen vor allen anderen in der Fabrik an.

»Ihr Mädchen solltet dafür nüchtern sein«, belehrte uns Magnolia.

Ich schnaubte. »Wir sind nur ein bisschen angeschickert. Wenn wir mit Enttarnung und entfesselten dunklen Mächten konfrontiert sind, ist betrunken zu sein, glaube ich, der beste Zustand.«

Magnolia starrte mich wütend an, während Daphne lachte.

»Warte nur, bis deine Mutter sieht, in welchem Zustand du bist«, sagte Magnolia, kniff die Augen zusammen und schnalzte mit der Zunge.

Ich zog eine Augenbraue hoch. »Meine Mutter weiß, dass ich ein großes Mädchen bin. Ich trinke schon lange Wein. Wenn sie das bis jetzt nicht gemerkt hat, ist es wahrscheinlich am besten, wenn wir das alles auf den Tisch packen«, sagte ich und bemühte mich nach Kräften, meine Aussprache deutlich zu halten.

Es dauerte nicht lange, bis meine Mutter ankam.

»Sie sind betrunken!«, verkündete Magnolia, als meine Mutter die Treppe herunterkam.

»Petze«, murmelte ich.

Daphne fing unkontrolliert an zu kichern.

Meine Mutter sah mich an, seufzte und zuckte mit den Schultern. »Sie sind erwachsen, Magnolia. Du hast sie gefahren, oder?«

Magnolia verdrehte die Augen, nickte aber bestätigend mit dem Kopf.

»Trinkt viel Wasser und nehmt ein paar von den Vitaminen, die ich bei dir zu Hause gelassen habe«, sagte meine Mutter, bevor sie auf einem der üppig gepolsterten Sofas Platz nahm.

Als alle angekommen waren und sich gesetzt hatten, brachten Daphne und ich sie auf den neuesten Stand. Die Informationen waren nicht gerade weltbewegend, aber sie gaben uns eine bessere Vorstellung davon, auf wen wir uns konzentrieren sollten. Man kam zu dem Schluss, dass die Kameras manuell oder magisch deaktiviert worden sein mussten, um die Beweise zu verbergen, was mehr Fragen als Antworten aufwarf.

Alle waren besorgt, dass es eine weitere Hexe in der Stadt gab. Wer auch immer es war, wir befürchteten, dass sie die Absicht hatte, Unruhe zu stiften.

KAPITEL DREIZEHN

Seit unserem letzten nächtlichen Zirkeltreffen waren zwei Tage vergangen. Neuigkeiten hatte es seitdem keine gegeben. Lila sollte eigentlich versuchen, mit Harold zu reden. Meine Mutter und Coral stellten ihre eigenen Nachforschungen an, um mehr über Darlene und Rosa herauszufinden, während Magnolia versuchte, mit George warm zu werden. Vorerst nahm ich keine Neuigkeiten als gutes Zeichen.

Ich bemerkte, dass ich summte, während ich Keksteig auf ein Backblech löffelte. Ich mochte dieses friedliche Dasein. Ich war nicht naiv genug zu glauben, dass es so bleiben würde, aber ich nahm mir vor, jede Minute davon zu genießen, solange es anhielt.

Die Glocken an der Tür bimmelten und ein Schauer lief mir über den Rücken. Ich hatte das Gefühl, dass sich der Frieden, den ich gerade noch genossen hatte, gleich in Luft auflösen würde.

»Violet!«, rief Daphne von vorne.

Als ich die Küchentür aufstieß, war ich erleichtert zu sehen, dass es keine Schlange von Kunden war, weswegen sie nach mir rief. Es war Gabriel. Ich hatte ihn ein paar Tage nicht gesehen, während er einen Auftrag in New Orleans erledigt hatte.

»Hi! Du bist zurück!«, sagte ich und kam hinter dem Tresen hervor.

»Hast du mich vermisst?«, fragte er und hielt inne, um mir einen Kuss auf die Wange zu geben.

»Natürlich. Wie war's?«, fragte ich.

»Gut. Es war schön, mich mit ein paar alten Freunden auszutauschen, aber ich bin froh, wieder hier zu sein. Die Stadt ist ein bisschen zu laut für mich. Mir war gar nicht bewusst, wie laut sie ist, bis ich hier gelebt habe«, sagte er und ein Lächeln breitete sich auf seinem Gesicht aus.

Er hatte mir natürlich einen Kaffee mitgebracht. Er deutete auf einen Tisch, folgte mir dorthin und setzte sich mir gegenüber.

»Nächste Woche kannst du vorbeikommen und einen Kaffee von hier trinken«, sagte ich ihm mit einem Lächeln.

»Wirklich?«

»Jap, Daphne hat vor ein paar Tagen eine schicke Kaffeemaschine und das ganze Zubehör bestellt. Sie ist schon ganz aufgeregt.«

»Wie läuft es sonst so?«

Ich musste nicht fragen, wovon er redete. Er meinte die verschwundenen Artefakte.

»Es ist ein Chaos, wie immer.«

Ich brachte ihn schnell auf den neuesten Stand. Er nickte mit, während er zuhörte.

»Wow«, sagte er, als ich fertig war.

»Ich werde George zur Rede stellen«, verkündete ich und überraschte mich damit selbst. Mir war bis gerade eben nicht klar gewesen, dass ich das überhaupt in Erwägung gezogen hatte. Ich war das Warten und das Herumrätseln leid. Manchmal muss man sich einer Sache direkt stellen, anstatt um den heißen Brei herumzureden.

»Das ist keine gute Idee«, erwiderte Gabriel schnell.

»Was meinst du damit? Wir müssen herausfinden, was er will.«

»Was, wenn er gefährlich ist?«, sagte er, und seine Augen verengten sich besorgt.

Ich machte eine wegwerfende Handbewegung. »Ich glaube, das wüssten wir inzwischen. Ich mache mir keine Sorgen. Ich habe es aber satt, mir ständig über die Schulter schauen zu müssen.«

»Violet, du kannst nicht einfach an die Tür von dem Kerl klopfen und Antworten verlangen. Das ist die Aufgabe des Sheriffs!«, rief er aus.

»Äh, der Sheriff macht seinen Job nicht, also muss ich es für ihn tun«, schoss ich zurück.

Gabriel knurrte praktisch vor sich hin. »Das ist eine schlechte Idee. Sie gefällt mir nicht.«

Ich zuckte mit einer Schulter. »Musst du auch nicht. Ich ziehe es trotzdem durch.«

»Violet, hör auf, stur zu sein.«

»Ich bin nicht stur. Wenn ich es nicht tue, wer dann?«

Er nahm einen Schluck von seinem Kaffee und blickte aus dem Fenster. Ich schaute hinüber und sah Daphne, die so tat, als wäre sie beschäftigt, aber ich wusste, dass sie zuhörte. Eine Frau stand am Tresen und schaute ebenfalls geflissentlich weg.

Ich atmete mehrmals tief durch. »Tut mir leid. Ich will nicht schwierig sein, aber vertrau mir, ich spüre da keine Gefahr.«

»Lass mich mitkommen«, sagte er und blickte mir direkt in die Augen.

»Was?«

»Ich will mit dir gehen. Du bekommst deinen Willen, und ich habe die Genugtuung, in der Nähe zu sein, falls der Kerl auf dumme Gedanken kommt.«

»Na schön. Wie wäre es, nachdem ich heute zugemacht habe?«

Er nickte. »Ich arbeite heute nicht. Ich hole dich bei dir zu Hause ab.«

»Klingt gut.«

Er stand auf, offensichtlich bereit zu gehen. »Okay, ich komme später vorbei.« Damit stolzierte er aus der Bäckerei. Ich spürte, dass er noch mehr zu sagen hatte, es aber für sich behielt.

Die Kundin, die am Tresen gestanden hatte, ließ sich auf einen Stuhl gleiten, also stand ich auf und ging mit Daphne hinter den Tresen.

»Mann, das war aber heftig«, kommentierte sie.

»Ja, das war es.«

»Worum ging es da eigentlich?«

Ich erzählte ihr von meinem Plan, George zur Rede zu stellen. Sie reagierte im Grunde genauso wie Gabriel. Trotz ihrer Sorge darüber, was passieren könnte, stimmte sie zu, dass es an der Zeit war, sich der Situation direkt zu stellen und es einfach hinter sich zu bringen.

»Aber ich bin froh, dass Gabriel mit dir geht. Ich glaube nicht, dass es klug ist, George ohne Verstärkung zu konfrontieren.« Ein Geräusch von draußen lenkte ihre Aufmerksamkeit ab. »Oh-oh.«

»Was?«

Sie deutete mit dem Kopf zur Tür. »Mom ist hier und sie sieht nicht glücklich aus.«

Ich drehte mich um und sah, wie Magnolia die Tür aufriss, sichtlich aufgebracht über irgendetwas. Ich blickte mich unter Berücksichtigung der Kunden um und bat sie, in die Küche zu gehen. Ich hatte das Gefühl, dass sie Hexengeschäfte zu besprechen hatte, und ich wollte nicht, dass jemand etwas mitbekam.

Wir drei gingen in die Küche, wobei Daphne in der Nähe der Tür blieb, falls ein weiterer Kunde hereinkam.

»Was ist los?«, fragte ich.

»Es gab schon wieder eine Nachricht«, sagte Magnolia mit angespannter Stimme.

Ich hob sofort die Hände. »Ich war es nicht.«

»Ich auch nicht«, wiederholte Daphne.

Magnolia schüttelte den Kopf. »Ich weiß. Es geht um den Liebeszauber. Lilas Liebeszauber.«

»Schon wieder?«, fragte ich.

Sie nickte. »Diesmal war die Nachricht in meinem Kasten. Es ist, als ob uns das Tintenfass daran erinnern wollte, dass es immer noch da draußen ist.«

»Ist das normal?«, fragte Daphne.

Magnolia lächelte. »Ich weiß es wirklich nicht, aber es beunruhigt mich.«

»Solange wir ihm nichts Neues zum Schreiben geben, sollte alles in Ordnung sein«, warf ich ein.

Ich erzählte ihr nicht, dass ich vorhatte, zu Georges Haus zu gehen. Wenn ich dieses Tintenfass und die Truhe in die Finger bekommen könnte, wäre das alles vorbei. Hätte ich es ihr erzählt, hätte sie mir nur eine Predigt gehalten und mich davor gewarnt, mich zu verraten. So wie ich das sah, war dieses kleine Spielchen mit einem dämlichen Tintenfass weitaus riskanter. Ich war entschlossen, dem Ganzen ein Ende zu setzen.

»Mach dir keine Sorgen, Mom«, sagte Daphne. »Es ist nur eine Nachricht.«

»Du verstehst das nicht. Die Nachricht war nicht ganz so einfach wie die erste. Diesmal wurde der Person, die den Zauber gewirkt hatte, Manipulation vorgeworfen, die aufgedeckt werden würde. Sie enthielt auch etwas, das man nur als Drohung auffassen kann, vergangene Zauber ähnlicher Art aufzudecken«, erklärte sie.

»Was? Wie? Du meinst, dieses Ding plant, jeden Zauber aufzudecken, der jemals in dieser Gegend gewirkt wurde? Das wird eine Menge Tinte verbrauchen«, witzelte ich. »Vielleicht trocknet das Tintenfass aus, bevor es dazu kommt.«

Daphne verkniff sich ein Kichern, während Magnolia ihren Blick auf mich richtete. »Ich finde das nicht lustig.«

»Ich sage nicht, dass es lustig ist, aber die Vorstellung, dass ein albernes Tintenfass möglicherweise von jedem Zauber weiß, der jemals in Lemon Bliss gewirkt wurde, scheint weit hergeholt. Ich bin sicher, du musst dir keine Sorgen machen, dass dir jeder Zauber zugeschrieben wird.«

Ich sah zu, wie sie sich sorgte, auf ihrer Unterlippe kaute und die Hände rang. »Vor langer Zeit habe ich einen Liebeszauber gewirkt und damit das Leben eines Mannes ruiniert«, platzte sie heraus.

»Mom!«, rief Daphne aus.

»Du hast was getan?«, wiederholte ich.

Magnolia nickte. »Ich war jung und dumm und sehr egoistisch. Ich habe nicht verstanden, wie wirkungsvoll ein Liebeszauber sein kann. Ich fürchte, ich habe das Leben des Mannes ruiniert.«

»Der Mann war nicht Dad?«, fragte Daphne.

Magnolia schenkte ihr ein schwaches Lächeln. »Nein, es war nicht dein Vater.«

»Wer war es?«, fragte ich, ein wenig ängstlich, die Wahrheit zu erfahren.

Sie stieß einen langen Seufzer aus. »Er war mein Freund in der Highschool. Ich war so verliebt in ihn, aber er empfand nicht dasselbe.

Alle Mädchen fanden ihn gut aussehend und er flirtete für sein Leben gern. Ich hatte solche Angst, dass er mich sitzen lassen würde. Ich habe einen Liebeszauber gewirkt, um sicherzustellen, dass er mich niemals verlässt.«

»Aber du hast ihn nicht geheiratet?«, fragte ich etwas verwirrt.

Sie lächelte. »Nein, er war nicht der richtige Mann für mich. Es stellte sich heraus, dass er wirklich ein oberflächlicher junger Mann war, und trotz der Wirkung des Zaubers wurde mir klar, dass ich ihn nicht liebte. Seine Familie zog weg, aber er schrieb und rief noch jahrelang an. Ich habe mit ihm abgeschlossen und mich in Daphnes Vater verliebt.«

»Wo ist dieser Kerl?«, fragte Daphne.

»Ich weiß es nicht genau, aber ich weiß, dass er nie geheiratet hat. Er konnte nicht. Bis heute mache ich mir Sorgen, dass er wegen dieses dummen Zaubers immer noch in mich verliebt ist«, sagte Magnolia, und die Scham in ihrer Stimme war unüberhörbar.

»Warum hast du den Zauber nicht rückgängig gemacht?«, fragte ich.

»Ich wusste nicht wie. Ich war jung und sehr naiv. Keiner von uns wusste, wie es ging, und ich schämte mich zu sehr und hatte Angst, die älteren Hexen zu fragen. Ich habe diesen Mann jahrelang so weitermachen lassen«, flüsterte sie.

»Wow«, murmelte ich. »Ihr seid damals ja ganz schön leichtfertig mit der Magie umgesprungen. Kein Wunder, dass Daphne und ich so lange im Dunkeln gelassen wurden. Es ist erstaunlich, dass ihr vier nicht im Gefängnis gelandet seid«, sagte ich kopfschüttelnd.

Magnolia sah aus, als hätte ich ihr eine Ohrfeige gegeben. Ich war verärgert und es war mir egal, ob es sie beleidigte. Da standen sie, hielten Daphne und mir ständig Vorträge darüber, was wir tun durften und was nicht, nur um herauszufinden, dass sie das alles selbst getan hatten.

»Das waren damals andere Zeiten«, verteidigte sich Magnolia.

»Ach, damals war es also in Ordnung, Menschen zu benutzen und zu manipulieren und jede Chance auf Glück, die sie in ihrem Leben haben könnten, zu ruinieren?«, fragte ich. »Ich finde das schrecklich.

Sobald diese ganze Angelegenheit erledigt ist, musst du einen Weg finden, diesen armen Mann zu erlösen.«

»Ich hätte es dir nicht erzählen sollen. Ich wollte nur, dass ihr aus meinen Fehlern lernt«, sagte sie, während ihr Blick von mir zu Daphne wanderte. »Ich gehe dann mal.«

»Oh, wir werden schon lernen, aber ehrlich gesagt, kann ich nicht behaupten, dass ein Liebeszauber etwas ist, das ich jemals in Betracht ziehen würde. Wenn ein Mann dich nicht liebt, dann liebt er dich nicht. Punkt. Daran wird auch keine Magie etwas ändern.«

»Ich war jung. Ich war eine Art Außenseiterin, und ich dachte fest, dass er mich liebte, er brauchte nur eine kleine Erinnerung«, sagte sie, bevor sie zur Tür hinausging.

Daphne und ich standen da und starrten uns an. Sie schien die Nachricht viel besser aufzunehmen als ich.

»Na, das war ja eine ziemliche Bombe, nicht wahr?«, sagte Daphne.

Ich schlug mit der Handfläche auf die Theke. »Ich kann sie einfach nicht fassen! Meine Güte, es ist ein Wunder, dass dieser Laden noch steht. All diese Vorträge darüber, vorsichtig zu sein, und keines dieser Schlamassel, mit denen wir uns herumschlagen, wäre passiert, wenn sie vorsichtiger gewesen wären. Na ja, sie und unsere Vorfahren.«

Daphne nickte. »Ich verstehe das schon, aber vielleicht sagen sie uns deshalb immer wieder, wir sollen vorsichtig sein. Es scheint, als hätten sie aus ihren Fehlern gelernt.«

Die Glocke an der Eingangstür bimmelte, und sie ging durch die Schwingtür. Ich machte mich daran, Brotteig zuzubereiten. Das Kneten würde mir helfen, meinen Frust und meine Verärgerung abzuarbeiten.

Ich dachte über Magnolias Geständnis nach. Die Frauen schienen sich mit Liebeszaubern auszukennen. Ich lächelte, als mir eine Idee kam. Wir könnten einen Liebeszauber auf Daphnes betrügerischen Bald-Ex-Mann wirken. Das würde ihm recht geschehen. Er würde sich Hals über Kopf in eine Frau verlieben, die ihn keines Blickes würdigen würde. Die Vorstellung war sehr verlockend. Ich konnte mir die Genugtuung vorstellen, die es Daphne verschaffen würde, den Mann, der sie so schrecklich verletzt hatte, so leiden zu sehen wie sie.

Ich hörte mit dem Kneten auf.

Was zum Teufel, Violet?

Das war nicht ich. Ich war niemand, der aktiv auf Rache aus war. Ich war definitiv nicht die Art von Mensch, die darüber nachdachte, Magie einzusetzen, um jemanden zu verletzen. Ich musste meinen Kopf wieder klarkriegen. Mir gefiel mein Gedankengang nicht. Ich würde nicht zulassen, dass meine Mutter und ihre Freundinnen mich auf einen Weg führen, den ich später nur allzu sehr bereuen würde.

KAPITEL VIERZEHN

Ich kletterte in Gabriels Truck und hatte Schmetterlinge im Bauch.

»Bist du sicher, dass du das tun willst?«, fragte er mich zum gefühlt zehnten Mal.

»Ja. Ich bin sicher.«

Er stieß geräuschvoll die Luft aus. »Schön. Lass mich das Reden übernehmen. George kennt mich, und ich habe das Gefühl, dass er eher bereit sein wird, mit mir zu reden.«

Ich zuckte mit den Schultern. »Na gut, aber wenn mir irgendetwas komisch vorkommt oder ich ein seltsames Gefühl bekomme, werde ich verlangen, dass er die Artefakte herausrückt.«

Er lächelte. »Ich weiß, dass du das tust. Bist du sicher, dass du nicht bei Harolds Büro vorbeischauen und ihm Bescheid geben willst?«

»Auf keinen Fall. Der Kerl ist zu nichts zu gebrauchen. Er hat heutzutage nur noch Lila im Kopf. Wir können uns nicht darauf verlassen, dass er uns irgendwie hilft.«

Mit einem trockenen Kichern nickte Gabriel und fuhr aus der Stadt hinaus in Richtung des alten Anwesens, auf dem George wohnte. Es war lange her, dass ich in dieser Gegend gewesen war. Wir fuhren an sanften Hügeln vorbei, die mit Bäumen durchsetzt waren.

Gabriel bog in den kurvigen Feldweg ein, der zu dem alten Haus führte, in dem George untergekommen war, und brachte seinen Truck vor dem alten Farmhaus zum Stehen. »Ich übernehme das Reden«, erinnerte er mich mit leiser Stimme, als wir auf die winzige Veranda traten.

Als George die Tür öffnete, machte mein Herz einen Sprung. Obwohl ich fest entschlossen war, das durchzuziehen, machte er mich nervös. Ich wusste nicht, was ich von seinen angeblichen Fähigkeiten halten sollte, übernatürliche Kräfte aufzuspüren.

»Gabriel!«, begrüßte er ihn, als wären sie alte Freunde. »Was führt dich hierher?«

»Hi, George. Ich wollte kurz mit dir über die Sache im Museum sprechen. Ich habe gehört, du hast die vermisste Truhe«, sagte Gabriel und kam damit überraschend schnell auf den Punkt.

George überraschte mich noch mehr. »Das habe ich. Sie steht auf meiner Veranda, an derselben Stelle, seit sie jemand dort abgestellt hat«, sagte er und deutete zur Rückseite des Hauses. »Ich will sie nicht anfassen. Ich habe es Sheriff Smith gesagt, aber er schien nicht besonders daran interessiert zu sein, sie zurückzuholen. Sie ist hier, er kann sie haben.«

»Kann ich sie sehen?«, fragte ich.

George musterte mich von oben bis unten. »Du bist doch die, der die Fabrik gehört, oder?«

Ich nickte. »Ja, ich habe das Anwesen von meiner Großmutter geerbt.«

Seine Augen verengten sich. »Bist du sicher, dass du nicht noch mehr über Dales Tod weißt?«

Ich erwiderte seinen Blick. »Bist du sicher, dass du es nicht weißt, da du ja derjenige warst, der eingebrochen ist?«

Nach einem angespannten Moment schaute George weg. Gabriel warf mir einen Blick zu, den ich als »Halt-verdammt-noch-mal-die-Klappe«-Blick deutete. Ich zuckte mit den Schultern. Es stimmte doch. George hatte sich unbefugt Zutritt zur alten Fabrik verschafft.

»Na schön, du kannst sie sehen. Sie ist hier hinten. Woher wusstest du, dass sie hier ist?«, fragte George.

Ups. »Harold hat es mir gesagt«, sagte ich. Das war schließlich die Wahrheit. So ungefähr.

»Warum sollte er dir so etwas erzählen?«, fragte er und kaufte mir meine Geschichte offensichtlich nicht ab.

Ich entschied mich, dass Ehrlichkeit der beste Weg war. »Ich habe euch beide in der Post belauscht.«

George schüttelte den Kopf und bedeutete uns, ihm zu folgen. »Ich habe nichts zu verbergen. Wenn du mich belauscht hast, weißt du ja, dass sie einfach hier aufgetaucht ist.« Er führte uns durch die Hütte und durch eine Hintertür auf eine überdachte Veranda. In der Ecke, direkt neben der einzigen Stufe, die von der Veranda hinunterführte, stand die Truhe.

Er hielt inne und hinderte uns daran, die Veranda zu betreten. »Warum wollt ihr die Truhe sehen?«, fragte er.

Ich sah Gabriel an und bat um Hilfe.

Gabriel grinste. »Ich war neugierig. Es ranken sich viele Geheimnisse darum, und ich liebe Antiquitäten.«

Das schien George zu besänftigen. Er trat zur Seite und ließ uns vorbei.

»Das ist ein eigenartiges Ding«, sagte er und deutete auf die Truhe.

»Warum hast du sie?«, fragte ich erneut.

Er sah mich an. »Wie ich gerade sagte, sie ist hier aufgetaucht. Ich bin eines Morgens aufgewacht, bin nach draußen gegangen, um einen Kaffee zu trinken, und da war sie.«

»Warum sollte jemand darauf kommen, sie bei dir abzuliefern?«, bohrte ich nach.

»Das kann ich nicht sagen. Das müsstest du diese Person fragen, meinst du nicht?«, fragte er mit einem Seufzer.

Ich atmete tief durch. Am liebsten hätte ich ihn erwürgt. Ich mochte ihn schon aus Prinzip nicht. Er war irritierend und hatte eine Art an sich, die besagte, dass er dachte, er wäre besser als alle anderen. Ich mochte ihn wirklich kein bisschen. Dazu kam noch die Tatsache, dass er eine Bedrohung für mich und die anderen Hexen in Lemon Bliss darstellte. Mit seiner ganzen Herumschnüffelei hatte er für Unruhe gesorgt.

»Irgendeine Ahnung, wie viel das Ding wert ist?«, fragte ich.

George zuckte mit den Schultern. »Sieh dir das Ding an. Es hält kaum noch zusammen. Der einzige Geldwert liegt im Holz. Es würde sich wohl gut als Lagerfeuer machen.«

»Du weißt schon, dass sie über zweihundert Jahre alt ist, oder?«

Er zuckte mit einer Schulter. »Das ist die Geschichte, aber wer ist schon da, um das zu bestreiten?«

Gabriel griff nach meiner Hand und schloss seine um meine. Seine starke, ruhige Berührung beruhigte mich. Ich durfte mich nicht auf ein Wortgefecht mit George einlassen. Nicht jetzt.

»Was ist mit dem anderen fehlenden Gegenstand?«, fragte ich, ohne ihn beim Namen zu nennen. Ich wollte ihn testen, um zu sehen, ob er mehr wusste, als er zugab.

Er zuckte mit den Schultern. »Ich habe sonst nichts.«

»Was ist an der Truhe überhaupt so besonders?«, fragte Gabriel und tat unschuldig.

George lächelte. »Man munkelt, sie sei verzaubert, so eine Art Büchse der Pandora. Die Leute in der übernatürlichen Welt tuscheln schon seit Jahren über die Idee einer solchen Truhe. Dale hat ein bisschen nachgeforscht und laut seinen Notizen könnte das eine dieser Truhen sein.«

Gabriel machte ein ersticktes Geräusch. Ich weigerte mich, ihn anzusehen. Jetzt wusste er es. »Wirklich?«, murmelte er. »Hat Dale die Truhe tatsächlich gefunden?«

»Nein, leider ist er gestorben, bevor er sie zu Gesicht bekam. Er hat sie in seinen Notizen aber detailliert beschrieben. Ich habe all seine Notizbücher und den ganzen Kram über die Ermittlungen zu den übernatürlichen Vorkommnissen hier in Lemon Bliss. Ich werde nicht zulassen, dass sein Tod umsonst war. Ich mache da weiter, wo er aufgehört hat«, sagte er, als wäre er eine Art großer Held.

Ich biss mir auf die Zunge und schwieg.

»Das ist nett von dir«, sagte Gabriel.

»Ich mache das gern. Der Sender ist begeistert, Material für ein weiteres Special zu haben.«

Ich warf einen Blick zu George und versuchte, seine Reaktion einzuschätzen. Er war sichtlich aufgeregt. Wenn er mehr Material für eine weitere Folge über die übernatürliche Welt in Lemon Bliss hätte, wären ich und meine Hexenschwestern weiterhin in Gefahr.

»Wird die Truhe in diesem neuen Special vorkommen?«, fragte Gabriel.

»Ja! Ich habe in Dales Notizen davon gelesen. Ich habe einen anonymen Tipp bekommen, dass die Truhe im örtlichen Museum ausgestellt war. Ich bin ins Museum gegangen, um mir das anzusehen, und habe bestätigt, dass es tatsächlich dieselbe Truhe war, auf die sich Dale in seinen Notizen bezogen hatte. Du kannst dir vorstellen, wie traurig ich war, als ich erfuhr, dass sie verschwunden war, gerade als ich sie gefunden hatte. Dann, wie aus heiterem Himmel, tauchte sie auf meiner Türschwelle auf«, sagte er, als wäre es ein Wunder. »Jetzt kann ich mit der nächsten Folge weitermachen!«

Das kaufte ich ihm nicht ab. Ich wandte mich wieder der Truhe zu, trat näher und ging in die Hocke, um sie genauer zu betrachten, berührte sie aber nicht. Ich hatte keine Ahnung, was passieren würde, wenn ich es täte. Ich wollte ganz sicher nicht diejenige sein, die versehentlich dunkle Mächte auf die Welt loslässt.

»Sie beißt nicht«, witzelte George. »Tatsächlich kannst du sie nicht einmal öffnen. Ich habe es versucht.«

Mein Magen drehte sich um. Wenn er es geschafft hätte, das Schloss zu knacken, hätte das alle möglichen verrückten Dinge in Gang setzen können. Zumindest laut meiner Mutter. Das war eine Grenze, die ich nicht überschreiten wollte. Ich wollte mich auf ihr Wort verlassen.

Ich richtete meine Aufmerksamkeit wieder auf die Truhe und bemerkte, dass der Deckel vibrierte. Ich stand sofort auf, trat einen Schritt zurück und blickte auf, um zu sehen, ob Gabriel oder George es bemerkt hatten. Sie schienen in ihr eigenes Gespräch vertieft zu sein. George redete weiter über die Truhe und wie aufregend es sei, sie direkt vor aller Augen entdeckt zu haben.

»Warum hast du sie nicht zurück ins Museum gebracht oder beim Büro des Sheriffs abgegeben?«, fragte ich.

George zuckte mit den Schultern. »Ich will meine Fingerabdrücke nicht darauf haben.«

»Du hast gesagt, du hast versucht, sie zu öffnen«, erinnerte ich ihn.

»Nun ja, schon, aber ich will einfach nicht mit dem Ding erwischt werden. Ich weiß nicht, welche Kräfte sie birgt, aber mir wäre es lieber, der Sheriff kommt und holt sie ab. Ich habe es ihm mehrmals gesagt. Offensichtlich ist es keine große Sache, sonst hätte er sie schon vor Tagen abgeholt«, erklärte George.

Gabriel sah mich an. »Das scheint seltsam. Er hatte in letzter Zeit viel zu tun«, sagte er.

»Wir nehmen sie mit«, platzte ich heraus.

George schüttelte den Kopf. »Nein, das werdet ihr nicht. Das Ding bleibt genau da, bis der Sheriff kommt, um es abzuholen.«

»Du hast gesagt, er weiß, dass sie hier ist. Er scheint nicht zu denken, dass du sie gestohlen hast. Wir geben sie ihm, und er kann die Ermittlungen abschließen«, sagte ich.

»Nö. Ich lasse nur den Sheriff das Ding hier rausholen.«

Ich hätte vor Frustration fast geknurrt. Gabriel warf mir einen Blick zu.

»Okay, wir sollten uns besser auf den Weg machen. Danke, dass wir sie uns ansehen durften. Es ist ein cooles Stück Geschichte. Ich weiß nicht, ob ich glaube, dass sie übernatürlich ist, aber die Holzarbeiten und Schnitzereien sind bemerkenswert«, sagte Gabriel.

Ich verdrehte die Augen und überlegte, mir die Truhe zu schnappen und damit abzuhauen, aber ich hatte Angst, dass sie dabei aufspringen würde. Ich musste nicht diejenige sein, der man die Schuld am Untergang der Welt gab. Dieses Risiko wollte ich nicht eingehen.

In dem Moment, als wir in den Truck stiegen und George in der Hütte verschwunden war, drehte sich Gabriel zu mir um. »Was sollte das denn?«

»Was?«, fragte ich und hoffte, es war nicht das, was ich dachte.

»Ich habe gesehen, dass die Truhe vibriert hat, als du in ihre Nähe gekommen bist.«

»Ach, das. Ich weiß es nicht genau«, sagte ich. Ich wusste es wirklich nicht.

Er starrte mich mehrere lange Sekunden lang an. »Violet, das Ding hat dich gespürt. Es hat dich im Grunde gebeten, es zu öffnen. Stimmt das, was George gesagt hat?«

»Gabriel, ich weiß so gut wie nichts über diese Truhe. Ich weiß, dass sie nicht geöffnet werden sollte. Das ist alles.«

Ich hatte das Gefühl, er glaubte mir nicht, was nicht überraschend war. Er wusste, dass ich etwas zurückhielt, und das war nur eine weitere Sache, über die ich nicht mit ihm reden konnte.

Er setzte aus der Einfahrt zurück und fuhr wieder in die Stadt. Ich wusste, dass er über das nachdachte, was wir gesehen hatten. Das tat ich auch. Ich musste mit meiner Mutter reden. Ich hoffte, sie würde ehrlich zu mir sein. Ich hatte den Eindruck, dass sie uns nicht alles über die Truhe erzählt hatten, was mich irritierte. Informationen zurückzuhalten, brachte uns alle in Gefahr.

»Willst du mit reinkommen?«, fragte ich ihn, als wir am Haus ankamen.

Er schüttelte den Kopf. »Nein, ich muss noch ein paar Dinge erledigen.«

»Dinge?«, neckte ich ihn.

Er sah mich an. »Ja, Dinge. Wir müssen uns doch nicht alles erzählen, oder?«

Sein Kommentar traf mich ein wenig, aber ich war diejenige, die etwas zurückhielt, also war es nicht fair von mir, verärgert zu sein. »Na gut. Ich rufe dich später an?«

»Klar.«

Ein paar Minuten später ließ ich mich auf die Couch fallen und seufzte. Das Letzte, was ich gebrauchen konnte, war eine kriselnde Beziehung. Meine Mutter und ihre Freundinnen mochten das Single-Leben genießen, aber ich hatte irgendwann in meinem Leben auf ein Happy End gehofft. Ich wusste nicht, ob es mit Gabriel sein würde, aber ich wusste, dass jeder Mann wissen wollen würde, wer ich war. Ich konnte die Geheimniskrämerei nicht ewig durchhalten.

KAPITEL FÜNFZEHN

Nicht viel später rief ich meine Mutter an.

»Hallo, mein Schatz«, antwortete sie und klang dabei wieder mehr nach sich selbst als in der letzten Zeit.

»Hi, Mom. Ich muss mit dir reden. Mit allen«, sagte ich.

»Ist etwas passiert?«, fragte sie mit besorgter Stimme.

»Nein, aber ich habe George Cannon einen Besuch abgestattet.«

»Oh. Oh, du meine Güte. In Ordnung. Wir reden heute Abend. Ich werde alle anderen anrufen. Sagen wir, etwas früher als sonst, um neun?«

»Passt für mich«, sagte ich und legte auf.

Ich fühlte mich ein wenig besser bei dem Gedanken, mit den anderen Hexen sprechen zu können. Ich war ein wenig nervös, Magnolia nach unserem Wortwechsel von vorhin wiederzusehen. Vielleicht war ich zu hart gewesen. Obwohl ich immer noch fand, dass ich jedes Recht hatte, wütend zu sein, hätte ich wohl besser den Mund halten sollen. Mir war immer beigebracht worden, meine Älteren zu respektieren. Ich würde mich für meine Reaktion entschuldigen, aber ich war immer noch frustriert über die Kette von Ereignissen. So viele Probleme hätten vermieden werden können.

Ich machte mir etwas zu essen, stellte eine Maschine Wäsche an und räumte auf, bevor ich zur Fabrik fuhr. Ich war froh, dass das Treffen früh stattfand. Das bedeutete, ich konnte eine volle Nacht schlafen und auf den morgigen, anstrengenden Tag vorbereitet sein. Wir hatten unsere erste große Bestellung für eine Unternehmensgruppe. Sie hatten eine Auswahl an Keksen, Muffins und einen großen Kuchen für ein Bankett in Ruby Red bestellt. Die Tatsache, dass sie unsere kleine Bäckerei den Bäckereien in Ruby Red vorgezogen hatten, war eine große Sache. Wir konnten es uns nicht leisten, das zu vermasseln.

Als ich allein in der Fabrik ankam, fühlte es sich seltsam an. Sonst kam ich immer mit jemandem. Daphne hatte nicht angerufen und gefragt, ob wir eine Fahrgemeinschaft bilden wollten. Ich hatte das Gefühl, dass sie wegen meiner Reaktion auf ihre Mutter vorhin ein wenig sauer auf mich war.

Ich bahnte mir meinen Weg in die Fabrik. »Hi«, sagte meine Mutter und kam mir am Fuß der Treppe entgegen. Alle anderen saßen bereits.

»Hi. Bin ich zu spät?«, fragte ich.

»Nein, nein. Wir waren alle zu früh.«

Ich nickte und betrat den Raum nicht. »Habe ich Ärger? Ich nehme an, ihr habt hier nicht nur gesessen und euch angestarrt. Ich war das Gesprächsthema, richtig?«

Sie zuckte mit einer Schulter. »Wir stehen alle unter großem Stress. Das ist verständlich.«

»Eigentlich nicht. Ich muss mich bei Magnolia entschuldigen, aber ich werde mich nicht dafür entschuldigen, dass ich frustriert bin. Bei allem, was los ist, ist es schwierig zu verkraften, dass vieles davon hätte vermieden werden können. Während ihr uns ständig ermahnt, mit Magie vorsichtig zu sein, stecken wir mitten in diesem Schlamassel wegen anderer, die es nicht waren.«

Sie tätschelte meine Schulter. »Ich weiß. Wir werden schon noch über all das reden. Ein Problem nach dem anderen.«

Ich ging in den magisch verborgenen Raum und ließ mich auf einen freien Stuhl fallen. »Ich war heute bei George Cannon und habe nach der Truhe gefragt«, bot ich als Begrüßung an.

»Du hast was getan!«, keuchte Lila.

Daphne sah mich mit großen Augen an. »Mit Gabriel. Darüber habt ihr beide heute gestritten.«

»Du hast Gabriel mitgenommen?«, sagte Coral in einem anklagenden Ton.

»Genau genommen hat Gabriel mich mitgenommen. Ich habe ihm erzählt, was ich vorhatte, und er bestand darauf, mitzukommen. Ihm geht es gut. Er hat keinen Schlag abbekommen, wurde nicht in eine Kröte verwandelt oder so was. Es ist nichts Schlimmes passiert«, sagte ich mit einem Seufzer.

Coral schüttelte nur den Kopf, ihr Blick war anklagend.

Meine Mutter schritt ein, um mich vor etwas zu retten, das wie ein übernatürliches Erschießungskommando aussah. »Hat er dir die Truhe gegeben?«

»Nein. Aber ich habe sie gesehen. Er hat mir erzählt, dass er versucht hat, sie zu öffnen.«

Ein paar hörbare Atemzüge und schockierte Blicke waren die Antwort auf meine Aussage. »Hat er sie geöffnet?«, fragte Magnolia.

»Nein. Er konnte es nicht.«

»Er konnte es nicht, weil sie sich nur für Hexen öffnet«, erklärte meine Mutter.

»Als ich mich ihr näherte, hat der Deckel vibriert. Ich bin sofort zurückgewichen«, fügte ich hinzu.

»Sie hat deine Kräfte gespürt. Hättest du sie berührt, wärst du nicht in der Lage gewesen, dem Drang zu widerstehen, sie zu öffnen. Sie hat eine Anziehungskraft, der nur wenige Hexen widerstehen können«, erklärte Lila.

Ich hatte den Drang verspürt, sie zu berühren, aber ich hatte zum Glück den Geistesblitz, zurückzuweichen. Ich war erleichtert, dass ich auf diese kleine Stimme der Vernunft gehört hatte.

Ich fuhr fort und erzählte ihnen vom Rest meiner Begegnung und von Georges unmissverständlichem Leugnen, irgendetwas mit dem eigentlichen Diebstahl zu tun zu haben. Das brachte uns zurück zu Darlene und Rosa und ihrem Interesse an der Truhe. Daphne informierte sie darüber, was wir auf den Sicherheitsvideos gesehen hatten.

»Ich habe ein wenig nachgeforscht. Darlene ist tatsächlich eine

Nachfahrin einer der Gründerfamilien von Lemon Bliss«, fügte Magnolia hinzu.

»Das würde ihr Interesse an der Truhe erklären, oder zumindest ihr Wissen darüber«, sagte Coral.

»Über Rosa wissen wir immer noch nichts«, bemerkte Lila. »Niemand in der Stadt scheint sie zu kennen.«

»Das ist an sich schon seltsam«, stellte meine Mutter fest.

»Ich habe George gefragt, ob eines der anderen vermissten Artefakte auf seiner Veranda aufgetaucht ist, aber er hat es verneint. Er ließ sich nicht dazu hinreißen, zu sagen, ob er wusste, welche die anderen vermissten Gegenstände waren. Ich hatte nicht das Gefühl, dass er das Tintenfass hat, was bedeutet, dass es immer noch irgendwo da draußen ist«, sagte ich, ein wenig enttäuscht, dass ich es nicht hatte finden können. Das Tintenfass schien im Moment eine größere Bedrohung zu sein als die Truhe.

»Das Tintenfass muss gefunden werden!«, betonte Coral.

»Konzentrieren wir uns auf die Truhe. Wir wissen, wo sie ist. Wir könnten einen Tarnzauber wirken und einfach hineinspazieren und sie uns zurückholen«, schlug Magnolia vor.

»Nein! Das wird dieses fiese Tintenfass auslösen«, rief Lila.

»Wenn sie draußen auf der Veranda dieses Mannes steht, ist sie nicht sicher. Jeder könnte sie mitnehmen. Ich bin sicher, die gesamte übernatürliche Welt weiß von unserem kleinen Problem. Wenn eine der dunklen Hexen herausfindet, dass diese Truhe unbewacht ist, kann sie sich jeder unter den Nagel reißen«, fügte meine Mom hinzu.

Dem musste ich zustimmen. Es ergab keinen Sinn, die Truhe ungeschützt zu lassen, wenn es ein Leichtes war, sie zu schnappen und damit abzuhauen. George konnte nicht jede Minute eines jeden Tages in der Hütte verbringen.

»Warum bitten wir nicht Gabriel, George zum Mittagessen einzuladen?«, schlug Daphne vor.

»Klingt nach einem Plan«, erwiderte ich.

»Nein. Wenn George entdeckt, dass die Truhe fehlt, wird er wissen, dass Gabriel mit drinsteckt«, wandte Coral ein.

»Na und?«, konterte ich. »Er könnte es sowieso nicht beweisen.«

»Ich will nicht, dass mein Neffe da mit reingezogen wird«, schnaubte sie.

»Ist er doch schon. Er will helfen. Warum lassen wir ihn nicht wenigstens diese eine Sache tun?«, fragte ich.

Alle schwiegen.

»Vielleicht wäre es eine bessere Idee, wenn Lila Harold davon überzeugt, dass sie die Truhe haben will. Er steht völlig unter ihrem Bann und würde einfach alles tun, um sie glücklich zu machen«, schlug Magnolia vor.

Ich fand die Idee großartig, aber meine Meinung fiel offensichtlich nicht besonders ins Gewicht. Ich wartete, bis jemand anderes zuerst etwas sagte.

»Das könnte ich machen«, sagte Lila mit einem Lächeln. »Er wird es gar nicht infrage stellen. Virginia«, sagte sie und drehte sich zu meiner Mutter um. »Was meinst du?«

»Ich glaube, das könnte klappen. Es ist ja nicht so, dass er etwas tun würde, was er nicht normalerweise auch täte. Laut Violet hat George Harold gebeten, sie abzuholen. Ich finde, das ist der bisher beste Plan«, sagte sie mit einem Lächeln. »Coral, was meinst du?«

Coral sah nicht erfreut aus, aber sie nickte zustimmend. Meine Mutter schaute zu mir und dann zu Daphne. »Und ihr zwei?«

»Ich finde es großartig«, sagte ich.

»Ich auch«, fügte Daphne hinzu.

»Gut, dann ist das beschlossene Sache. Lila, wann denkst du, kannst du das in die Wege leiten?«, fragte meine Mutter.

»Wir gehen morgen Mittag essen. Ich werde ihn dann fragen«, sagte sie.

Meine Mutter klatschte in die Hände und stand auf. »Großartig!«

»Was ist mit dem Tintenfass?«, fragte ich.

»Wir suchen weiter. Ich werde noch ein wenig mehr über Darlenes Familie nachforschen«, antwortete Magnolia.

Das war nicht gerade das, was ich hören wollte, aber ich war bereit zu warten.

»Virginia, haben wir einen Plan für den Fall, dass das Tintenfass es schafft, unseren Zirkel zu enttarnen?«, fragte Daphne.

Der Ausdruck auf den Gesichtern aller Frauen sagte alles. Es gab keinen Plan. Sie hatten keine Ahnung, wie sie damit umgehen sollten, falls das passierte. Das war beängstigend.

»Eine Hexe zu sein ist doch nicht illegal, oder?«, fragte ich, wirklich unsicher.

»Nein, aber es würde uns mit Sicherheit unter massive Beobachtung stellen. Unser ganzes Leben würde sich verändern. Wir würden von Neugierigen und von denen gejagt werden, die uns als böse ansehen und meinen, uns ausrotten zu müssen. Es gäbe vielleicht keine Hexenprozesse wie damals in Salem, aber wir würden definitiv verfolgt werden«, antwortete Coral.

»Alles, was wir kennen und lieben, wäre bedroht«, flüsterte Magnolia. »Ich sage es nur ungern, aber ihr Mädchen würdet wahrscheinlich weitaus mehr leiden als wir. Wir können uns zurückziehen und den Rest unseres Lebens verbringen, aber ihr zwei, ihr habt weitaus mehr zu verlieren.«

Reizend. Das klang ja überhaupt nicht unheilvoll.

»Perfekt. Mit diesen Worten gehe ich nach Hause ins Bett. Ich bin sicher, ich werde heute Nacht super schlafen«, grummelte ich, als ich aufstand und zur Treppe ging.

»Violet?«, rief meine Mutter und brachte mich zum Stehen.

Ich drehte mich um, um zu sehen, was sie wollte. Sie nickte in Richtung Magnolia.

Oh, richtig. Ich hatte vorgehabt, mich bei Magnolia zu entschuldigen. Ich drehte mich wieder um und ging zu ihr hinüber.

»Magnolia?«

Sie blickte zu mir auf, die Sorge in ihren Augen war unübersehbar. Es rührte mich zutiefst. Magnolia war gütig und liebevoll und wie eine Tante für mich.

»Es tut mir leid, dass ich vorhin so schroff war. Ich war schlecht gelaunt und habe geredet, ohne nachzudenken«, sagte ich leise.

Ein sanftes Lächeln huschte über ihre Lippen. »Du hattest recht. Wir waren damals leichtsinnig. Unsere Mütter haben uns gewarnt, aber wir haben nicht gehört. Ich wünschte, ich hätte es getan. Jeden einzelnen Tag bereue ich, was ich diesem Mann angetan habe.«

»Kann man es ungeschehen machen?«, fragte ich hoffnungsvoll.

»Ich habe es versucht. So viele Male habe ich versucht, den Zauber aufzuheben. Nichts hat funktioniert.«

»Oh. Heißt das, Harold wird immer so auf Lila fixiert sein?«, fragte ich, schockiert zu erfahren, dass die Verliebtheit ein dauerhafter Zustand sein könnte.

»Vielleicht.«

»Das kann nicht sein. Wir müssen einen Weg finden, den Zauber umzukehren. Sobald das alles ausgestanden ist, werden wir einen Weg finden, die Dinge wieder in Ordnung zu bringen«, schwor ich.

Sie lächelte. »Das setzt voraus, dass wir es schaffen, das alles zu bewältigen.«

»Das werden wir. Ich weiß, dass alles gut werden wird. Wir holen uns die Truhe und das Tintenfass zurück und verstecken sie, wo niemand sie finden kann. Geh nach Hause und ruh dich aus«, sagte ich bestimmt.

Auf der Heimfahrt überlegte ich, wo ich mehr über Zaubersprüche lernen könnte. Das war nicht gerade etwas, das ich online suchen konnte, aber ich wusste, dass es einen Weg geben musste, einen Zauber umzukehren. Ich konnte mir nicht vorstellen, dass Hexen auf der ganzen Welt das noch nie herausgefunden hatten. Wenn es nur so etwas wie ein Hexen-Netzwerk gäbe.

Mir kam eine Idee. Sie würde bis Sonntag warten müssen, wenn ich einen freien Tag hatte, aber ich war zuversichtlich, dass ich sowohl für Magnolias als auch für Lilas Problem eine Lösung finden konnte.

KAPITEL SECHZEHN

Unser erster Großauftrag war ein riesiger Erfolg. Nachdem ihre Veranstaltung reibungslos über die Bühne gegangen und unsere Backwaren ein voller Erfolg gewesen waren, rief die Firma an, um sich bei uns zu bedanken. Sie versprachen auch, uns weitere Kunden zu schicken und uns bei zukünftigen Veranstaltungen zu berücksichtigen.

Da ich mit meiner ersten Bäckerei bereits einmal Erfolg gehabt hatte, wusste ich, dass ich gute Arbeit leisten konnte, aber jedes Kompliment war immer noch aufregend. Gabriel und ich wollten morgen Abend zum Feiern essen gehen.

Ich hüpfte praktisch ins Postamt, um meine Post zu holen. Außerdem musste ich ein Paket an Tara schicken. Ich hatte tagelang vergessen, es abzuschicken. Sie machte einen Bombenjob bei der Leitung der Bäckerei, die ich zurückgelassen hatte, und ich wollte ihr eigentlich ein Dankeschön-Geschenk schicken. Um sicherzugehen, dass ich es nicht wieder vergaß, wollte ich direkt zum Schalter gehen, aber das beharrliche Vibrieren meines Handys in meiner Tasche unterbrach mich. Ich zog es heraus und blickte auf den Bildschirm, wo die Nummer meiner Mutter aufleuchtete.

Mein Handy hatte den ganzen Tag über wegen neuer Textnachrichten gesummt. Meine Mutter war die Vermittlerin für alle und hatte uns über das Projekt »Die Truhe zurückstehlen« auf dem Laufenden gehalten. Bisher lief alles reibungslos, was ein weiterer Grund für meine gute Laune war. Ich steckte mein Handy zurück in die Tasche, ging zum Schalter und legte mein Paket vor.

»Hallo«, sagte ich zur Begrüßung der Postangestellten, die mir den Rücken zugewandt hatte.

Sie drehte sich um und sah nicht besonders erfreut aus, mich zu sehen. Mir wurde klar, dass es kurz vor Ladenschluss war, aber es war ja nicht so, als wollte ich zwanzig Pakete aufgeben. Es würde nur eine Minute ihrer Zeit in Anspruch nehmen.

»Kann ich Ihnen helfen?«, fragte sie in ausdruckslosem Ton.

Ich lächelte in der Hoffnung, sie etwas aufzutauen. Mein Blick wanderte zu ihrem Namensschild. Darlene. Ich sah ihr ins Gesicht und zählte eins und eins zusammen. Sie war dieselbe Postangestellte, die mir den schiefen Blick zugeworfen hatte, als ich Harold und George belauscht hatte. Sie war auch eine der Frauen auf den Sicherheitsvideos aus dem Museum. Darlene Clayton stand direkt vor mir. *Wieso hatte niemand erwähnt, dass sie bei der Post arbeitete?*

»Ich muss das hier verschicken«, sagte ich, während mein Gehirn ratterte. Das war meine Chance, mit ihr zu reden. Ich war nicht gut im Small Talk. Ich plauderte nicht einfach so mit Fremden, aber ich musste wissen, wer diese Frau war. Wenn ich freundlich wäre, würde sie vielleicht all ihre tiefen, dunklen Geheimnisse ausplaudern. Zum Beispiel, warum sie die Artefakte aus dem Museum gestohlen hatte. Man wird ja wohl noch hoffen dürfen, oder?

Sie schnappte sich das Paket aus meiner Hand, legte es auf eine Waage und tippte ein paar Tasten auf ihrer Tastatur ein.

»Arbeiten Sie schon lange hier?«, fragte ich in der Hoffnung, sie zum Reden zu bringen.

»Ein Jahr.«

Nicht gerade eine Plaudertasche.

»Gefällt Ihnen die Arbeit hier? Ich wette, Sie lernen viele Einheimische kennen, was?«

Sie sah zu mir auf. »Es ist ein Job. Er bezahlt die Rechnungen.«

»Ich bin die Besitzerin der neuen Bäckerei, die gerade die Straße runter aufgemacht hat.«

»Herzlichen Glückwunsch«, murmelte sie.

Ich unterdrückte ein sardonisches Lachen. Niemand würde je behaupten, sie sei enthusiastisch.

»Danke. Es läuft gut.« Ich hoffte, mein ziemlich offensichtlicher Versuch, ein Gespräch anzufangen, würde sie zum Reden ermutigen.

Ich sah mich im Postamt um. Es war leer. Ein guter Zeitpunkt, um zu versuchen, ihr ein paar Informationen zu entlocken. Darlene *würde* sich mit mir unterhalten, und wenn ich die Informationen aus ihr herausquetschen müsste.

»Was hat Sie nach Lemon Bliss verschlagen?«, fragte ich.

Sie unterbrach ihre Tätigkeit und sah mich an. »Es gefällt mir hier.«

»Ach, wirklich? Haben Sie den Ort besucht, bevor Sie sich entschieden haben, hierherzuziehen? Ich meine, Lemon Bliss ist nicht gerade ein Ort, den die Leute kennen.«

Darlene widmete sich wieder ihrer Arbeit am Computer. Innerhalb von Sekunden spuckte der Drucker ein Etikett aus, das sie auf mein kleines Päckchen klebte.

Sie stieß einen langen Seufzer aus, und ich hoffte, ich hätte ihre frostige Schale endlich geknackt. »Meine Ururgroßeltern haben hier gelebt. Sie ist auf dem örtlichen Friedhof begraben. Ich war an einem Punkt in meinem Leben, an dem ein Umzug eine gute Idee zu sein schien«, erklärte sie. »Als ich jünger war, war ich oft zu Besuch, und dieser Ort hat mich an bessere Zeiten erinnert.«

Ich nickte und verstand mehr, als sie ahnte. Ich nahm an, sie war auf der Flucht vor der Sache in New York. Welcher Ort wäre besser geeignet, sich zu verstecken, als eine kleine Stadt im Süden von Louisiana, wo die Leute sich um ihre eigenen Angelegenheiten kümmerten und einen in Ruhe ließen. Vielleicht hatte sie sich der Kaution entzogen oder war durch Flucht einer Verhaftung entgangen.

»Es ist ein schöner Ort«, bestätigte ich. »Mir gefällt es.«

»Was ist mit Ihnen? Warum sind Sie wieder hier?«, fragte sie.

Das überraschte mich. Sie kannte mich nicht. Woher sollte sie wissen, dass ich zurück war? »Waren wir zusammen in der Schule?«, fragte ich neugierig, obwohl ich die Antwort bereits kannte. »Mir war nicht klar, dass wir uns kennen.«

»Nein, ich habe nicht hier gelebt, als Sie es taten, und wir kennen uns nicht«, sagte sie hochmütig.

»Aber Sie wissen, dass ich wieder da bin. Wissen Sie, wer ich bin?«, fragte ich und beschloss, die Höflichkeit an diesem Punkt beiseitezulassen.

Ich wollte Informationen, aber sie war unhöflich.

Sie hielt das Paket hoch und zeigte auf die Absenderadresse. »Sie sind Violet Broussard.«

»Oh, wie dumm von mir«, kicherte ich und fühlte mich ein wenig blöd, weil ich voreilige Schlüsse gezogen hatte. »Ich glaube nicht, dass wir uns jemals begegnet sind, oder? Was in einer so kleinen Stadt seltsam ist. Ich schätze, ich verschicke nicht viele Sachen.«

Sie schüttelte den Kopf. »Nein, wir haben uns nie getroffen, nicht außerhalb von hier. Ich kenne den Namen Ihrer Familie und, seien wir mal ehrlich, Ihre Familie ist hier so etwas wie eine große Nummer. Sie sind so etwas wie ein Superstar oder so«, sagte sie sarkastisch.

»Oh. Sie kennen also meine Mutter?«

Ich merkte, dass sie von meinen Fragen langsam genervt war.

»Nein. Meine Vorfahren kannten Ihre Vorfahren. Es gibt Geschichten, die über Generationen weitergegeben wurden. Ich weiß von Ihrer Familie, kenne aber niemanden von Ihnen persönlich. Wie gesagt, die Leute tratschen. Ich bin in einer Position, in der ich eine Menge mitbekomme, und Ihr Name ist schon ein- oder zweimal gefallen.«

»Ach, so ist das. Na, ich hoffe, es waren gute Geschichten«, scherzte ich.

Die Art, wie sie mich ansah, ließ mich an dieser Vorstellung zweifeln. Mein Hexenradar schlug laut Alarm. Irgendetwas stimmte nicht. Darlene sah mich mit einem Ausdruck an, der an Bosheit grenzte. Das war beunruhigend.

Ich hatte keine Gelegenheit, weiter nachzuhaken. Sie blickte an mir vorbei. Ich drehte mich um, um zu sehen, was ihre Aufmerksamkeit erregt hatte, und entdeckte Rosa, die auf meinen Rücken starrte. Ich erkannte sie an dem Gehstock und dem körnigen Bild aus dem Überwachungsvideo.

»Hallo. Ich bin gleich fertig«, sagte ich und wollte plötzlich nur noch aus dem Postamt raus.

Die beiden Frauen starrten sich an, als würden sie wortlos miteinander kommunizieren. Es war gespenstisch. Ich fühlte mich, als wäre ich mitten in einen Streit geraten. Einen stillen, aber nichtsdestotrotz.

»Keine Sorge. Nehmen Sie sich Zeit«, sagte Rosa hinter mir mit einem gezwungenen Lächeln.

»Danke«, murmelte ich und wandte mich wieder Darlene zu, die die arme Rosa mit Blicken erdolchte.

»Das wär's. Das ist alles, was ich brauche«, sagte ich schnell und kramte in meiner Handtasche nach etwas Bargeld.

»Sind Sie sicher, dass Sie keine Briefmarken oder so etwas wollen?«, fragte Darlene in kaltem Ton.

»Nein. Ich bin versorgt. Nur das, danke.«

Ich bezahlte schnell, dankte Darlene und drehte mich um, um zu gehen. Rosa starrte mich eindringlich an. Normalerweise würde ich jemanden, der sich so unhöflich benimmt, ebenfalls anstarren, aber bei ihr konnte ich es nicht. Ich hatte Angst, ihr direkt in die Augen zu sehen.

Aus irgendeinem Grund sagte mir eine innere Stimme, dass ich die ziemlich zierliche Frau vor mir unter keinen Umständen herausfordern sollte. Ich war körperlich größer, aber sie war ein unheimliches kleines Ding. Ich begann meine Entscheidung, ins Postamt zu gehen, zu bereuen. Ich hätte bezahlen und gehen sollen, aber nein, ich musste ja neugierig werden und Privatdetektiv spielen.

Ich atmete tief durch. »Ich muss nur meine Post holen«, sagte ich, dankbar für eine Ausrede, um dem sich anbahnenden Patt zu entkommen. Sobald Rosa am Schalter war, drehte ich mich weg und ging auf die Postfächer zu.

»Ihr Haus ist wunderschön«, platzte Rosa heraus.

Mein Herz machte einen Satz, genau wie meine Anspannung. »Wie bitte?«, quiekte ich.

»Ich meine, die Blumen. Die Blumen Ihrer Großmutter sind immer so wunderschön. Ich halte gerne an, um sie mir anzusehen«, stellte sie klar.

Das machte die Bemerkung nicht weniger seltsam. »Oh, danke. Kannten Sie meine Großmutter?«

Sie zuckte mit einer zierlichen Schulter. »Ich wusste von ihr. Wir haben uns ein- oder zweimal getroffen.«

»Oh, ich wusste nicht, dass Sie schon so lange hier leben. Ich glaube nicht, dass wir uns schon einmal begegnet sind.«

Sie schüttelte den Kopf. »Nein, nicht offiziell.«

»Nun, ich bin Violet Broussard«, sagte ich und hielt meine Hände dicht am Körper. Ich hatte zu viel Angst, sie zu berühren. Ich hatte das Gefühl, sie würde mir einen Stromschlag verpassen.

»Rosa Herrera. Es freut mich, Sie kennenzulernen.«

Ihre Worte waren an mich gerichtet, aber ihr Blick lag auf Darlene.

»Okay, also, ich sollte meine Post holen und von hier verschwinden, damit Darlene zumachen kann«, sagte ich, trat zur Seite und ging zurück zur Wand mit den Postfächern.

Ich konnte ihre Blicke auf mir spüren, als ich wegging. Die Haare in meinem Nacken stellten sich auf.

KAPITEL SIEBZEHN

Mein Mund war trocken und meine Hände zitterten, als ich bei meinem Postfach ankam. Darlene und Rosa hatten mich verunsichert. Das gefiel mir ganz und gar nicht. Ich hatte Mühe, den Schlüssel in die kleine Klappe zu stecken.

Ich konnte ihre gedämpften, hastigen Stimmen auf der anderen Seite der Postfächer hören. Ich erstarrte, legte den Kopf schief und lauschte. Ich strengte mich an, um zu verstehen, was sie sagten, aber ich konnte die Worte nicht ausmachen. Was auch immer es war, sie klangen beide wütend. Ich war mir nicht sicher, ob sie auf mich wütend waren oder aufeinander.

Ich öffnete mein Fach, schnappte mir meine Post und eilte zur Tür hinaus, in der Hoffnung, sie würden es nicht bemerken. Von meinem Auto vor den Fenstern des Postamts aus konnte ich sehen, wie sie sich unterhielten. Rosa gestikulierte wild.

Meine Hoffnung, dass sie nicht über mich redeten, zerschlug sich, als Rosa sich umdrehte und direkt auf mich zeigte. Ich startete meinen Wagen und fuhr nach Hause los. Meine zuvor heitere Stimmung löste sich in Sorgen auf. Als ich die Sicherheit meines Zuhauses erreicht hatte, ging ich hinein und schloss die Tür ab. Es war albern. Das wusste ich, aber ich tat es trotzdem.

Ich schnappte mir ein Glas Wein und ließ mich aufs Sofa fallen, um die Post durchzugehen.

»Oh nein«, murmelte ich und hielt den winzigen Zettel in der Hand. »Oh Mist.«

Es war eine Nachricht aus dem Tintenfass.

»Alle Hexen wurden gerufen. Eine Enttarnung steht unmittelbar bevor.«

Mir sank das Herz in die Hose. Ich wusste, dass keine der Hexen in meinem Zirkel einen Zauber gewirkt hatte, um Hexen zu rufen. Es musste eine andere Hexe in der Stadt geben, die diesen Zauber gewirkt hatte. Das war die einzige Erklärung. Ach du grüne Neune!

Ich sprang auf und griff nach meinem Handy.

»Daphne! Ich habe eine Nachricht bekommen!«, kreischte ich, sobald sie abnahm.

»Was?«, schrie sie ins Telefon.

»Ja! Das ist gar nicht gut. Was soll ich nur tun?«

»Ich bin sofort bei dir«, sagte sie und legte auf.

Ich tigerte durchs Wohnzimmer und las die Nachricht immer wieder. Ich musste es meiner Mom sagen. Ich wollte es ihr nicht sagen, aber ich musste. Ich wusste, dass dies eine Notfallsitzung bedeutete. Ich hatte keinerlei Interesse daran, zur Fabrik zu fahren. Das Gefühl, vorhin beobachtet worden zu sein, war echt. Jemand wusste Bescheid.

Fünf Minuten später hämmerte Daphne an meine Tür. Ich riss sie auf.

»Wo ist sie?«, fragte sie.

Ich reichte ihr die Nachricht. »Was bedeutet das?«, fragte ich panisch.

Sie schüttelte den Kopf. »Ich weiß es nicht, aber es kann nichts Gutes sein. Daraus kann nichts Gutes entstehen.«

»Wer hat den Zauber gewirkt?«

»Ich war es nicht. Ich bezweifle, dass es eine von uns war. George?«, schlug sie vor.

»Ich weiß es nicht. Das ist furchtbar. Wenn ein Zauber alle Hexen gerufen hat, was sollen wir dann tun? Gah! Ich wünschte, ich wüsste nicht, dass ich eine Hexe bin. Dann könnte ich ahnungslos sein.«

Daphne fuhr sich mit einer Hand durchs Haar. »Das ist übel.«

Ich nickte zustimmend. »Wir müssen es den anderen sagen.«

Es klingelte an der Tür, aber wer auch immer da war, wartete nicht darauf, dass ich öffnete. Es war meine Mutter. Sie drängte herein, gefolgt von Lila und Magnolia.

»Was ist los?«, fragte Lila. »Wo ist sie?«

Magnolia wollte die Tür schließen, hielt aber inne, als Coral hereinstürmte.

Ich starrte mit offenem Mund auf die Menschenmenge in meinem Wohnzimmer. »Woher wusstet ihr das alle?«

Daphne sah verlegen aus. »Ich habe Mom angerufen, die, nehme ich an, alle anderen angerufen hat.«

»Sie hätte uns anrufen sollen. Das ist entsetzlich«, sagte Coral und nahm die Nachricht, die im Raum herumgereicht wurde.

»Was tun wir?«, fragte ich und blickte meine Mom um Rat suchend an. »Wer hat diesen Zauber gewirkt?«

»Ich weiß es nicht. Wir werden es herausfinden. Alle zusammen«, sagte sie und klatschte in die Hände wie eine Lehrerin, die ihre Schüler zur Ordnung ruft. »Setzt euch bitte alle. Wir werden das durchstehen. Entspannt euch.«

Wir quetschten uns alle zusammen auf die Couch. Die Spannung in der Luft war zum Greifen nah.

»Sollten wir uns alle hier treffen, so wie jetzt?«, fragte ich. Es war mehr als offensichtlich, dass wir beobachtet wurden. Diese spontane Versammlung würde sicher Misstrauen erregen.

»Wir bleiben nicht lange«, antwortete Coral.

»Was tun wir?«, fragte Daphne. »Was bedeutet es, dass sie alle Hexen gerufen haben?«

Meine Mutter machte eine wegwerfende Handbewegung. »Es ist ein Zauber, der unsere wahre Identität enthüllen wird. Jeder, den wir treffen, wird uns als Hexen erkennen. Ich nehme an, viele Leute werden Angst haben, manche werden uns hassen und manche werden unsere besten Freunde sein wollen.«

»Es ist ein gefährlicher Zauber. Unsere Geheimnisse werden vor der ganzen Welt offengelegt. Es betrifft nicht nur uns. Hexen aus der ganzen Umgebung werden enttarnt. Diejenigen, die im Verborgenen gelebt haben, werden ins Rampenlicht gezerrt«, sorgte sich Magnolia.

»Woran werden sie es erkennen?«, fragte ich und wunderte mich wirklich, wie jemand den Hexenstatus einer Person allein durch Ansehen feststellen kann.

Meine Mutter und Magnolia wechselten einen Blick. »Wir werden wie die traditionelle Hexe aus den Märchen aussehen.«

Daphne schnappte nach Luft. »Nein! Meint ihr, mit riesigen Nasen und Warzen?«

Magnolia nickte langsam.

»Nein! Jeder wird uns so sehen?«, fragte ich entsetzt und fragte mich sofort, was Gabriel sehen würde, wenn er mich ansah. Die Kunden in der Bäckerei würden nie wieder Kekse von ein paar furchterregenden Hexen kaufen wollen.

»Wir müssen das aufhalten«, sagte Coral bestimmt.

Ich stimmte ihr enthusiastisch zu.

»Andere Hexen werden uns als das sehen, was wir sind«, fügte Lila hinzu. »Für mich wirst du immer noch genauso aussehen und umgekehrt.«

»Danke, aber das beruhigt mich nicht wirklich«, witzelte ich.

»Eine gute Nachricht gibt es: Harold wird die Truhe morgen früh abholen«, verkündete Lila.

»Gott sei Dank«, atmete meine Mutter auf.

Daphne spottete. »Als ob das eine Rolle spielt, wenn jeder weiß, wer die Hexen in dieser Stadt sind.«

»Es wird helfen. Wir können die Welt vor dem Bösen schützen, das in dieser Truhe versiegelt ist«, sagte Coral bestimmt.

»Ich muss los«, verkündete Lila. »Harold wird in Kürze bei mir zu Hause sein. Ich habe vor, ihn zu bitten, mir die Truhe zur sicheren Aufbewahrung zu überlassen.«

»Sie gehen?«, fragte ich schockiert. »Wir könnten alle auffliegen und Sie gehen einfach?«

Sie lächelte. »Süße, wir sind nicht die ersten Hexen, die sich dieser besonderen Krise stellen müssen. Tatsächlich wirst du feststellen, dass dies etwas ist, dem sich alle Hexen jeden Tag stellen müssen. Fliegen wir auf oder sind wir sicher? Ich vertraue darauf, dass deine Mutter und der Rest von euch klugen Damen sich etwas einfallen lassen. Ich muss mich um dieses andere kleine Problem kümmern.«

Sie ging aus dem Haus. Coral stand auf und verkündete, dass sie ebenfalls gehen müsse.

Als sie gegangen war, fühlte ich mich, als wären wir im Stich gelassen worden. Sie verließen das sinkende Schiff, und wir vier waren es, die alles ausbaden mussten, vorausgesetzt, niemand sonst ging.

»Und jetzt?«, fragte ich.

»Jetzt denken wir nach«, antwortete meine Mutter. »Es muss eine andere Hexe unter uns leben. Wir wissen, dass wir diesen Zauber nicht gewirkt haben.«

»Was ist mit dieser Darlene?«, fragte ich. »Ich hatte gerade eine sehr unheimliche Begegnung mit ihr auf dem Postamt. Diese Frau ist gruselig.«

»Inwiefern? Was hat sie getan?«, fragte Magnolia.

Ich zuckte mit den Schultern und berichtete ihnen von unserem kurzen Treffen.

Daphne nickte zustimmend. »So ist sie auch zu mir. Sie ist nie nett.«

»Ich glaube nicht, dass ich ihre Familie kenne. Der Name kommt mir nicht bekannt vor«, sagte meine Mutter und sah nachdenklich aus. »Sie hat darauf bestanden, dass ihre Vorfahren zu den Gründerfamilien von Lemon Bliss gehören?«

Ich nickte. »Ja. Sie war deswegen sehr seltsam. Ich hatte das Gefühl, als hätte sie mich verfolgt. Und dann tauchte Rosa Herrera auf. Was auch immer zwischen diesen beiden Frauen ist, ist noch seltsamer. Ich hatte das Gefühl, sie wollten sich gegenseitig umbringen, waren aber gleichzeitig auch beste Freundinnen, falls das irgendeinen Sinn ergibt.«

»Großartig, als ob wir noch mehr Leute bräuchten, die uns nicht mögen«, murmelte Daphne.

»Ich denke, wir müssen bei dieser Darlene Clayton anfangen. Wenn sie irgendeine Art von Feindseligkeit gegenüber der Familie Broussard hegt, ist sie höchstwahrscheinlich diejenige, die versucht, uns auffliegen zu lassen. Damals, in der alten Zeit, wurde Hexerei ziemlich oft vermutet. Ich kann mir vorstellen, dass meine Urgroßmutter und ihre Mutter verdächtigt wurden, Hexen zu sein. Jeder, der damals etwas Außergewöhnliches tat, wurde beschuldigt, eine Hexe zu sein«, sagte meine Mutter und wirkte viel ruhiger als noch vor fünf Minuten.

Daphne grinste. »Vielleicht hat deine Urgroßmutter ihre Urgroßmutter verhext oder ihr den Mann ausgespannt«, scherzte sie.

Ich lachte. »Weißt du, traurigerweise ist es wahrscheinlich genau das, was passiert ist. Hundert Jahre später dürfen wir die Zeche für ihre Dummheit zahlen.«

»Damals war alles möglich«, warf meine Mutter ein. »Es war viel wahrscheinlicher, dass sie nackt im Bayou tanzten oder Magie direkt in ihren eigenen Küchen praktizierten. Ich weiß, dass die Broussard-Frauen aus einer langen Reihe stolzer Hexen stammen, die nie versucht haben zu verbergen, wer sie waren. Erst mit meiner Mutter begannen sich die Dinge zu ändern. Sie ermutigte die Hexen im Zirkel, zu versuchen, sich in die Gesellschaft einzufügen.«

»Können wir diese Darlene nicht einfach zur Rede stellen?«, fragte Daphne.

»Nein!«, sagte Magnolia vehement. »Wenn sie eine Hexe ist, hat sie sich vielleicht der Dunkelheit zugewandt. Sie könnte dich verletzen oder Schlimmeres. Lass Virginia und mich in den Familienarchiven nachforschen. Wir werden sehen, ob wir den Namen ihrer Familie finden können.«

»Was, wenn der Name anders ist? Ihre Großmutter könnte geheiratet haben und so weiter?«

Meine Mutter nickte. »Du hast recht. Kannst du online suchen, um das herauszufinden?«

Ich kicherte. Meine Mutter hasste Computer und wandte sich bei fast allem, was mit ihnen zu tun hatte, an mich. »Ja, ich kann versuchen, herauszufinden, was wir online ausgraben können, aber die Leute benutzen ständig falsche Namen.«

»Das stimmt. Wartet!«, sagte Daphne aufgeregt. »Ich habe vor einer Weile ein Abonnement für einen Hintergrundcheck-Dienst abgeschlossen. Es sollte noch aktiv sein. Wir können es benutzen, um sie nachzuschlagen.«

Ich zog eine Augenbraue hoch. »Hast du etwa Hintergrundchecks von Leuten gemacht?«

Sie grinste. »Von meinem Ex und ein paar der Frauen, mit denen ich ihn beim Fremdgehen erwischt habe.«

»Oh«, murmelte ich verständnisvoll. »Na gut, dann fangen wir damit an. Kannst du meinen Laptop benutzen, um ins System zu kommen?«

»Jep.«

Meine Mutter stand auf und blickte zu Magnolia, die ihrem Beispiel folgte. »Macht ihr das. Wir fahren zur Fabrik, um dort einige der alten Bücher durchzuwühlen. Wenn ihr einen anderen Mädchennamen als Clayton findet, ruft uns an«, sagte sie.

»Machen wir«, sagte ich, bevor ich nach oben rannte, um den Computer zu holen.

Als ich wieder nach unten kam, hörte ich Daphne in der Küche.

»Hunger?«, fragte ich sie, als ich hinter ihr in die Küche kam.

»Ich brauche Wein. Bitte sag mir, dass du eine Flasche hier versteckt hast.«

Ich kicherte. »Hallo? Weißt du eigentlich, mit wem du hier sprichst?«

Das brachte sie zum Kichern. In diesem Moment war alles in Ordnung. Ich hatte keine Angst, die Straße entlangzugehen, während alle auf die riesige Warze auf meiner Nase zeigten. Wir konnten das durchstehen.

Ich griff in den Schrank über dem Kühlschrank und zog eine Flasche heraus.

»Ha! Ich wusste, dass du sie verstecken würdest.«

»Das ist meine eiserne Reserve. Ich hole ein paar Gläser. Setz dich und lass uns sehen, was wir über Darlene herausfinden können. Wenn sie sich mit meinem Leben anlegt, will ich sie fertigmachen!«

Daphne schnappte sich den Laptop und setzte sich an den Küchentisch, während sie schnell auf die Tasten tippte. Ich brachte die Flasche Wein, füllte zwei Gläser und wartete. Mein Magen verkrampfte sich bei dem Gedanken an die vielen Möglichkeiten. Eine davon war die Tatsache, dass wir vielleicht nicht viel mehr über Darlene finden würden, als ich bereits wusste.

»Hab sie!«, verkündete Daphne, und ein breites Lächeln breitete sich auf ihrem Gesicht aus. »Jetzt haben wir dich«, sagte sie und starrte auf den Bildschirm.

Sie drehte den Laptop, damit ich ihn sehen konnte. »Dunshire?«, fragte ich, als ich den Mädchennamen ihrer Mutter sah.

Daphne stand auf, eilte ins Wohnzimmer und griff nach ihrer Handtasche und ihrem Telefon auf der Couch. Ich überflog den Bildschirm, während sie ihre Mutter anrief, um ihr mitzuteilen, was wir gefunden hatten.

Als sie an den Tisch zurückkam, grinste sie. »Deine Mutter kennt den Namen. Sie werden ein bisschen nachforschen.«

»Gut. Ich frage mich, was passiert ist?«, überlegte ich laut. »Ich meine, was haben meine Vorfahren ihren Vorfahren angetan, dass sie uns so sehr hasst?«

Daphne verdrehte die Augen. »Es würde mich ernsthaft nicht überraschen, wenn es wegen eines Mannes war. Manche Dinge ändern sich nie.«

»Wenn sich herausstellt, dass Darlene den Zauber gewirkt hat, merkt sie dann nicht, dass sie sich damit auch selbst enttarnt?«

»Vielleicht hat sie eine Art Tarnungszauber gewirkt, der ihre wahre Identität verbirgt. Wer weiß schon, warum Menschen tun, was sie tun«, sinnierte sie und schüttelte den Kopf.

»Ich weiß es nicht, aber ich freue mich darauf, wenn das alles vorbei ist. Ich schätze, wir können davon ausgehen, dass sie auch das Tintenfass hat.«

Daphne sah nachdenklich aus. »Vielleicht auch nicht. Oder vielleicht hat sie es und merkt nicht, dass es sie für den Zauber verpetzen würde.«

»Mir schwirrt der Kopf. Ich will nicht mehr über Was-wäre-wenns nachdenken. Wir warten ab und schauen, was unsere Mütter herausfinden.«

Daphne stand auf, streckte sich und verkündete, dass sie gehen würde.

»Wir sprechen uns morgen«, sagte ich zu ihr, denn obwohl es noch früh war, freute ich mich auf ein heißes Schaumbad und darauf, früh ins Bett zu gehen.

»Man sieht sich«, sagte sie und ging zur Tür hinaus.

Ich schloss hinter ihr ab, knipste die Lichter aus und ging nach oben. Ich hoffte, das Ende des ganzen Debakels wäre bald erreicht. Dann könnte ich mich vielleicht auch wieder entspannen.

KAPITEL ACHTZEHN

Meine Mutter und der Rest ihrer Freundinnen waren mit der Hexenjagd beschäftigt. Sie versicherten mir, dass ich mir keine Sorgen machen müsse. Der Zauber, um Hexen zu enttarnen, hatte nicht funktioniert. Es war falscher Alarm oder ein übler Scherz. Ich konnte mit Gabriel zum Abendessen ausgehen, ohne befürchten zu müssen, dass er oder irgendjemand sonst mich als hässliche alte Hexe sehen würde. Das sagten sie zumindest. Ich hatte trotzdem noch ein mulmiges Gefühl bei der ganzen Sache.

Ich war gerade mit dem Fertigmachen fertig, als ich die Türklingel hörte.

»Komm rein!«, rief ich die Treppe hinunter, da ich wusste, dass es Gabriel sein würde.

Ich hörte, wie die Tür auf- und dann wieder zuging.

»Ich bin gleich unten!«, rief ich, bevor ich in den Schrank griff, um meine Stöckelschuhe zu holen.

Ich erstarrte, als ich keine Antwort hörte.

»Gabriel?«, fragte ich und tat mein Bestes, die Angst in meiner Stimme zu verbergen.

Ich wartete, mein Herz schlug wie eine Trommel. Ich hielt den Atem an und wartete darauf, dass er sich bemerkbar machen würde.

Ich schnappte mir einen meiner spitzen Stöckelschuhe und machte mich bereit, den Eindringling anzugreifen, wer auch immer es sein mochte.

»Ich bin's«, rief seine Stimme.

Ich brach fast vor Erleichterung zusammen. Ich wollte ihn anschreien, weil er mir solche Angst gemacht hatte, aber das hatte ich mir alles nur eingebildet. Er hatte nichts getan.

Ich eilte die Treppe hinunter und fand ihn auf der Couch sitzen. »Ich bin fertig«, verkündete ich.

»Großartig. Du siehst wunderschön aus«, sagte er und küsste mich sanft auf die Stirn.

Er hatte keine Ahnung, wie viel mir diese Worte bedeuteten. Ich hatte panische Angst gehabt, dass der Zauber wirken würde, während ich die Treppe hinunterging, und er eine furchterregende Hexe sehen würde, mit spitzem Hut und allem Drum und Dran.

»Bereit?«, fragte er.

»Ja, ich verhungere.«

Wir gingen hinaus zu seinem Truck.

»Wer ist das?«, fragte er und zeigte auf ein Auto, das auf der anderen Straßenseite parkte. Ich schaute durch das Fahrerfenster und sah, wie Darlene mich anstarrte.

»Darlene Clayton«, sagte ich, und meine Kehle wurde trocken.

»Was macht die denn hier?«

»Ich weiß es nicht, aber lass uns von hier verschwinden. Sie macht mir Angst«, sagte ich und ging etwas schneller auf seinen Truck zu.

»Soll ich ihr sagen, dass sie sich verziehen soll?«

»Das ist eine öffentliche Straße.«

Ich wollte ihm alles über sie erzählen, aber nicht jetzt. Der heutige Abend sollte Spaß machen, und das Letzte, woran ich denken wollte, war eine böse Hexe, die sich an meiner Familie für irgendein uraltes Problem rächen wollte, von dem ich nichts wusste.

Als wir im Restaurant in Ruby Red ankamen, hatten sich meine Nerven beruhigt. Ich war bereit für einen schönen Abend mit Gabriel. Das war er auch, bis ich gegen Ende unseres Essens Rosa entdeckte. Sie saß an einem anderen Tisch und beobachtete uns.

Ich tat so, als würde ich sie nicht sehen. Ich wollte Gabriel nicht beunruhigen.

»Fertig?«, fragte ich und warf meine Serviette auf den Tisch.

»Klar. Ist alles in Ordnung mit dir?«

»Alles bestens. Ich bin nur ein bisschen müde. Ich glaube, ich brüte etwas aus«, sagte ich in der Hoffnung, dass meine Ausrede funktionierte.

»Oh, das tut mir leid. Dann gehen wir«, sagte er und winkte nach der Rechnung.

Als wir aus dem Restaurant gingen, spürte ich Rosas Blicke auf mir. Es war beunruhigend, aber ich weigerte mich, es mir anmerken zu lassen. Die Frauen würden mich nicht einschüchtern. Ich spürte, dass es das war, worauf sie aus waren. Sie wollten, dass ich nervös war, damit ich etwas vermasselte und etwas sagte oder tat, das mich als Hexe belasten würde.

Gabriel setzte mich ab. Zum Glück kaufte er mir meine Geschichte ab, dass ich mich nicht wohlfühlte, und fragte nicht, ob er mit reinkommen könne. Wir hatten gerade wieder zu einer Art normalem Umgangston zurückgefunden, nachdem ich ein paar hexische Geheimnisse vor ihm hatte bewahren müssen. Natürlich war »normal« in meinem neuen Leben als Hexe in Lemon Bliss nicht das übliche Normal.

Ich schloss die Tür hinter ihm ab und ging schnell in mein Zimmer. Ich wollte unter die Decke kriechen und mich vor den neugierigen Blicken verstecken, die ich überall um mich herum spürte. Ich hatte mich gerade in meinen Schlafanzug umgezogen, als ich unten ein Geräusch hörte. Ich erstarrte und suchte den dunklen Raum nach etwas ab, mit dem ich mich bewaffnen konnte. Ich fand nichts, was mir wirklich Sicherheit gab, und beschloss, es drauf ankommen zu lassen.

Leise schlich ich die Treppe hinunter. Das Wohnzimmer lag in völliger Dunkelheit. Ich wartete und lauschte auf Geräusche, die darauf hindeuteten, dass jemand im Haus war.

Nichts.

Ich ging ein Stück weiter hinunter und hörte immer noch nichts. Ich betätigte einen Schalter und tauchte den Bereich in Licht.

Niemand war da. Meine Schultern sackten erleichtert nach unten, aber das war nur von kurzer Dauer. Ich hörte ein Geräusch auf meiner Veranda, eilte zur Tür, entriegelte sie und riss sie auf.

»Halt!«, schrie ich der Gestalt nach, die in die Dunkelheit eilte.

Ich stolperte fast über die Truhe, als ich aus der Tür rannte. Das musste warten. Ich erkannte die Gestalt, die den Weg entlang humpelte.

»Halt!«, schrie ich erneut. »Rosa, bleiben Sie stehen!«

Die Frau hörte auf zu rennen und drehte sich zu mir um. »Bleiben Sie weg!«, schrie sie.

Ich trat näher an sie heran, in der Hoffnung, ein vernünftiges Gespräch mit ihr führen zu können. Im nächsten Moment schlug sie mir mit ihrem Stock auf die Schulter.

»Au!«, jaulte ich, wich einen Schritt zurück und trat direkt auf einen scharfkantigen Stein, der über meinen nackten Fuß schrammte.

Rosa verfolgte mich und schlug mir mit ihrem Stock gegen mein linkes Schienbein. Obwohl ich aufschrie, bearbeitete Rosa mich weiter mit ihrem Stock. Sekunden später sah ich den Stock durch die Luft fliegen.

»Das reicht!«, hörte ich Daphnes Stimme durch die kühle Nachtluft schneiden.

Rosa fiel auf die Knie und schluchzte. »Es tut mir leid«, wimmerte sie.

Ich schaffte es, mich aufzurichten, mein Körper pochte von den Stellen, an denen sie mit ihrem Stock auf mich eingeschlagen hatte.

»Was machst du hier?«, fragte ich Daphne, die auf mich zustürzte.

»Lange Geschichte, aber die eigentliche Frage ist, was um alles in der Welt ist hier los?«

Ich schüttelte den Kopf. »Ich habe keine Ahnung. Das müsstest du sie fragen«, sagte ich und warf Rosa, die immer noch schluchzte, einen wütenden Blick zu. Man hätte meinen können, ich hätte sie mit einem Stock geschlagen und nicht umgekehrt.

»Ich sollte den Sheriff rufen«, sagte Daphne und zog ihr Handy aus der Gesäßtasche.

»Nein! Nein! Bitte! Es tut mir leid«, wiederholte Rosa.

»Warum sollten wir nicht die Polizei rufen?«, fragte ich.

In diesem Moment wurde mir klar, dass Daphne ihre Kräfte eingesetzt hatte, um Rosa den Stock aus den Händen zu reißen. Ich drehte mich zu ihr um und lächelte. »Guter Zug.«

Sie grinste. »Danke. Meine Mom hat gesagt, dass sich unsere Kräfte von unseren Emotionen nähren«, flüsterte sie.

Rosa stand langsam auf. »Es tut mir leid. Ich wollte Ihnen nur die Truhe bringen. Als Sie mich verfolgten, bin ich in Panik geraten.«

»Die Truhe?«, fragte Daphne.

Ich nickte und erinnerte mich daran, dass ich darüber gestolpert war, als ich ihr nachjagte.

»Ja, ich habe die Truhe gebracht.«

»Rosa, warum haben Sie die Truhe?«, fragte ich, während meine Wut nachließ.

»Ich habe sie genommen«, antwortete sie. »Nicht aus dem Museum. Ich habe sie Darlene weggenommen«, stellte sie klar. Ihre frühere Aufregung schien nachzulassen.

Daphne schüttelte den Kopf. »Was für ein Schlamassel. Wir müssen dich reinbringen und nachsehen, ob du nicht ernsthaft verletzt bist. Ich rufe deine Mom an, damit sie uns hilft, das hier zu klären.«

Ich nickte zustimmend. Meine Füße taten weh und jeder Zentimeter meines Körpers schien zu pochen.

Ich sah Rosa an und hob ihren Stock auf. »Können Sie ohne ihn laufen?«

»Ja, nicht leicht, aber ich schaffe es.«

»Gut, den behalte ich. Gehen wir rein und Sie können uns erzählen, warum Sie die Truhe überhaupt hatten.«

»Ich hatte sie nicht«, sagte sie erneut. »Darlene hatte sie.«

»Schön, dann erzählen Sie uns eben, warum Darlene sie hatte«, grummelte ich. Ich war nicht in bester Stimmung, nachdem ich in meinem eigenen Haus erschreckt und mit einem Stock geschlagen worden war. Das einzig Tröstliche war, dass Rosa mit ihrem Stock nicht sehr fest zugeschlagen hatte.

Ich hörte Daphne reden, als wir zum Haus zurückgingen. Ich überlegte kurz, Rosa nur ein einziges Mal mit ihrem eigenen Stock eine zu verpassen, um es ihr mit gleicher Münze heimzuzahlen, wusste aber, dass das sinnlos war.

»Setz dich«, wies Daphne mich an und zeigte auf die Couch, als wir drinnen waren. »Ich hole Eis.« Sie drehte sich zu Rosa um. »Sie setzen sich genau dorthin. Wenn Sie sich rühren, glauben Sie mir, werden Sie es bereuen«, warnte sie.

Rosa setzte sich in einen der Sessel und wartete still. Daphne kam mit einem Beutel Eis und einer Tüte gefrorener Erbsen zurück.

Es dauerte nicht lange, bis meine Mutter auftauchte. Als sie mich auf der Couch ruhen sah, mein schmerzendes Bein auf dem Couchtisch hochgelegt und die Erbsen über meinem Schienbein drapiert, schaltete sie in den Muttermodus, gluckste und zeterte, während sie mich musterte.

Als sie entschieden hatte, dass ich überleben würde, wirbelte sie mit den Händen in den Hüften herum und funkelte Rosa an. »Erklären Sie sich!«

»Es tut mir leid. Ich wollte sie nicht verletzen«, begann Rosa. »Ich wollte nur die Truhe zurückbringen.«

»Warum hatten Sie sie?«, fragte meine Mutter.

»Ich habe sie Darlene weggenommen. Darlene hat sie gestohlen.«

»Warum hat sie sie gestohlen und woher wussten Sie das? Haben Sie ihr geholfen?«, fragte ich.

»Nein! Ich habe sie eines Nachts gesehen. Ich mache nachts oft Spaziergänge. Ich genieße die Nachtspaziergänge. Ich sah, wie sie die Truhe aus dem Museum holte. Ich habe sie zur Rede gestellt, aber sie sagte mir, das ginge mich nichts an«, erklärte sie.

»Warum sollte Darlene die Truhe wollen?«, fragte Daphne.

Rosa blickte auf ihre Hände. »Sie hasst Ihre Familien. Sie gibt Ihnen die Schuld am Ruin ihrer Familie. Sie sagt, Sie hätten ihr Erbe gestohlen und ihr Leben ruiniert.«

»Das klingt ein wenig dramatisch. Wie hätten wir das tun können?«

Rosa blickte auf und schaute meiner Mutter direkt in die Augen. »Ihre Vorfahren haben ihre Vorfahren verflucht. Sie haben ihre Kräfte gebunden, sodass sie keine Magie mehr wirken können.«

Daphne und ich sahen uns an, unsere weiten Blicke trafen sich. Meine Mutter sah nicht sonderlich überrascht aus, als sie diese Enthüllung hörte.

»Das habe ich mir schon gedacht. In unseren Familienbüchern gibt es einen Eintrag über eine Hexe, die regelmäßig die dunklen Künste praktizierte. Meine Vorfahren und andere Mitglieder des Zirkels haben die Kräfte derjenigen gebunden, die ihre Magie für das Böse einsetzten«, sagte sie.

Rosa nickte. »Ja. Sie will Rache. Sie sagt, es sei ihr Recht, Magie zu benutzen, aber wegen des Fluchs kann sie es nicht. Laut Darlene hat dieser Bindungszauber ihre Familie ruiniert. Sie haben alles verloren.«

Meine Mutter schüttelte den Kopf, ihre Augen verengten sich. »Sie haben ihren Reichtum durch dunkle Magie erlangt! Natürlich haben sie alles verloren.«

Rosa schüttelte den Kopf. »Es tut mir leid. Ich habe ihr gesagt, sie soll die Gegenstände zurückgeben. Sie hat mir gedroht, falls ich etwas verrate. Sie konnte die Truhe nicht öffnen. Sie hat mir erzählt, dass sie sie diesem übernatürlichen Ermittler gegeben hat, damit er einen Weg findet, sie zu öffnen.«

»Na, das hat ja viel gebracht«, murmelte ich.

»Ich wusste nicht, was sie vorhatte, ich schwöre es. Ich dachte, sie stiehlt die Sachen, um sie zu verkaufen. Ich hatte keine Ahnung, dass sie eine Hexe ist oder dass Sie Hexen sind«, sagte Rosa mit zitternder Stimme. »Ich will keinen Ärger. Ich wollte das nur klären, bevor jemand verletzt wird. Darlene macht mir Angst. Ich habe keine Ahnung, was sie tun könnte.«

»Sie haben das Richtige getan«, sagte meine Mutter und legte ihr eine Hand auf die Schulter. »Danke. Jetzt müssen wir herausfinden, was wir als Nächstes tun.«

»Mom, ähm, haben wir hier nicht ein kleines Problem?«, fragte ich und sah zu Rosa.

Meine Mutter winkte mit der Hand ab, wobei ihre Armreifen bei der Bewegung klirrten. »Nicht jetzt, mein Schatz.«

»Hat Darlene noch etwas anderes?«, drängte meine Mutter.

Rosa blickte zu ihr auf und nickte. »Ja.«

»Das habe ich mir gedacht.«

Alles begann langsam einen Sinn zu ergeben.

»Daphne, behalte die beiden im Auge. Ich muss kurz telefonieren«, sagte meine Mutter und ging nach draußen.

Wir drei sahen uns an.

»Ihr Bein tut mir leid«, sagte Rosa leise. »Und Ihre Schulter.«

»Mir geht es gut. Ich werde es überleben.«

Daphne funkelte Rosa an. »Man schlägt keine Leute.«

Ich musste lachen. Die Nacht hatte wirklich eine sehr seltsame Wendung genommen. Und ich hatte gedacht, ich würde früh ins Bett gehen und am nächsten Tag ausschlafen.

Ich hätte wissen müssen, dass das Leben andere Pläne hatte.

KAPITEL NEUNZEHN

Ich lehnte meinen Kopf an die Couch zurück und wartete darauf, dass meine Mutter zurückkam. Mir kam ein Gedanke und ich drehte mich zu Daphne um, die Rosa immer noch so beäugte, als würde diese gleich aufspringen und angreifen.

»Woher wusstest du, dass du kommen und mich retten musst?«, fragte ich sie.

Sie kicherte. »Ich wusste ja nicht, dass ich dich retten würde, als ich herkam. Ich bin an der Tankstelle Gabriel über den Weg gelaufen. Er hat sich ein Sixpack Bier geholt und ich war auf der Suche nach etwas Essbarem. Ich hatte den großartigen Plan, meine Sorgen einfach in mich hineinzufressen, als er mir erzählte, dass du dich nicht wohlfühlst. Ich beschloss, deine offensichtlich vorgetäuschte Krankheit auszunutzen und mir meine Seele aus dem Leib zu reden.«

»Was ist passiert?«, fragte ich plötzlich besorgt. »Warum warst du so aufgebracht?«

Sie verdrehte die Augen. »Mein blöder Ex geht mir gehörig auf den Keks. Er will die Scheidungspapiere nicht unterschreiben. Er zieht das Ganze immer weiter in die Länge und macht es nur noch teurer. Ich verstehe einfach nicht, warum er so schwierig ist.«

»Vielleicht, weil er Sie immer noch will«, sagte Rosa leise.

»Tja, mich kann er nicht haben, denn er hatte ja schon jede andere«, schoss sie zurück.

»Das tut mir leid«, sagte ich und meinte jedes Wort davon. Der Kerl hatte es verdient, verhext zu werden. Meine frühere Idee gefiel mir immer besser.

Meine Mutter kam wieder herein. »Ich muss los«, sagte sie, wobei ihr Gesichtsausdruck mehr sagte als ihre Worte.

Ich nickte. »Okay.«

Sie wandte sich an Rosa. »Rosa, sagen Sie mir, was wir mit Ihnen machen sollen.«

Ich schnaubte. »Als ob sie zugeben wird, dass sie uns verrät.«

»Das werde ich nicht. Ich verspreche es. Ich wollte keiner von Ihnen je etwas tun. Ich habe heute Abend überreagiert und es tut mir leid, aber ich schwöre, ich werde Ihr Geheimnis nicht preisgeben«, sagte Rosa mit großen, ernsten Augen und blickte zwischen uns hin und her.

»Ich glaube Ihnen«, verkündete meine Mutter.

»Mama!«, protestierte ich.

»Violet, vertrau mir da. Ich bin zuversichtlich, dass wir uns darauf verlassen können, dass Rosa unser Geheimnis für sich behält.«

Rosa nickte wie wild. »Ja, absolut.«

»Gut. Brauchen Sie eine Mitfahrgelegenheit nach Hause?«, fragte meine Mutter.

»Ich kann zu Fuß gehen.«

»Nein, lassen Sie mich Sie absetzen«, bestand sie darauf.

Mir wurde klar, dass meine Mutter Rosas Haus auskundschaften und sie gleichzeitig davon abhalten wollte, direkt zu Darlene zu rennen, was sie meiner Meinung nach immer noch tun könnte. Rosa stand mit der Hilfe meiner Mutter auf. Daphne gab ihr widerwillig ihren Gehstock zurück und warf ihr einen strengen, warnenden Blick zu, bevor sie ihn losließ.

»Meine Mutter hat geschrieben«, sagte Daphne, als meine Mutter und Rosa zur Tür hinaus waren. »Wir sollen die Truhe zur Fabrik bringen.«

Ich stieß einen langen Seufzer aus. »Das habe ich mir schon

gedacht. Vielleicht sollten wir eine Decke um das Ding wickeln. Es macht mir irgendwie Angst.«

»Wir passen einfach auf, dass wir sie nicht rütteln und das Ding aus Versehen öffnen, falls das überhaupt möglich ist.«

»Lass mich mich erst umziehen, dann können wir gehen«, sagte ich und stand langsam auf, wobei ich jede Stelle spürte, an der mich der Gehstock getroffen hatte.

Ich brauchte etwas länger als sonst, um die Treppe hinaufzusteigen, aber ich schaffte es. Als wir in der Fabrik ankamen, waren alle anderen schon da. Daphne trug die Truhe hinein. Ich hatte zu viel Angst, dass ich stolpern und die Treppe hinunterfallen würde. Ich sah vor meinem inneren Auge, wie der Deckel aufflog und das Böse in die Luft wirbelte.

Daphne stellte die Truhe auf den kleinen Couchtisch in der Mitte der Sitzecke. Alle starrten sie an und hielten Abstand, als ob sie Angst hätten, sie würde beißen. Ich war froh, dass ich nicht die Einzige war, der die Vorstellung einer Kiste des Bösen im Raum ein wenig Angst machte.

»Du hattest eine aufregende Nacht«, sagte Lila mit einem Lächeln im Gesicht.

»Geht es Ihnen auch wirklich gut, meine Liebe?«, fragte Magnolia und musterte mich von Kopf bis Fuß.

»Mir geht es gut. Voller blauer Flecken, aber gut.«

»Wir müssen einen Weg finden, um Darlene zur Strecke zu bringen«, sagte Daphne wütend.

»Ja, das müssen wir, und Magie ist nicht der richtige Weg. Ich denke, wir können davon ausgehen, dass sie dieses Tintenfass hat. Ihre Position als Angestellte bei der Post verschafft ihr Zugang zu all unseren Fächern«, warf Coral ein.

Ich schüttelte den Kopf. Ich konnte nicht fassen, dass wir diesen Zusammenhang nicht schon früher erkannt hatten. Es erklärte, warum die Notizen immer in unseren Postfächern hinterlassen wurden.

»Hat sie den Zauber gewirkt, der die Hexen enttarnt?«, fragte ich.

»Wahrscheinlich, aber er war wirkungslos, weil ihre Kräfte gebunden sind. Sie hat die Nachricht wahrscheinlich in dein Fach gelegt, um dich zu erschrecken«, antwortete meine Mutter.

»Wie sorgen wir dafür, dass sie für das Verbrechen bezahlt?«, fragte Coral.

»Harold«, antwortete Lila.

Ich konnte meine Frustration über diesen Vorschlag nicht verbergen. »Harold ist als Gesetzeshüter völlig nutzlos.«

»Ich werde den Zauber rückgängig machen«, sagte sie sachlich.

Das erregte Magnolias Aufmerksamkeit. »Du wirst was?«

»Ich habe einen Zauber gefunden, der meinen Liebeszauber aufheben wird.«

»Wie? Du weißt doch, dass ich es jahrelang versucht habe«, sagte Magnolia.

»Ich weiß, Schätzchen, aber ich habe alte Archive aus anderen Zauberbüchern durchforstet. Ich bin überzeugt, dass das funktionieren wird. Wenn es klappt, kannst du ihn benutzen, um deinen Zauber rückgängig zu machen.«

Magnolia hatte Tränen in den Augen, als sie nickte.

»Okay, angenommen, der Zauber wirkt und Harold ist von deinem Liebeszauber befreit, wie bringen wir ihn dann dazu, gegen Darlene vorzugehen?«, fragte ich.

»Wir hinterlassen ihm Hinweise. Er wird nicht lange brauchen, um dahinterzukommen. Er hat sie sowieso schon als die Schuldige verdächtigt. Wir müssen ihn nur sanft in diese Richtung stupsen«, erklärte Lila.

Ich war nicht überzeugt, aber ich war bereit, es zu versuchen. Wir konnten Harold ja nicht einfach freiheraus sagen, warum er die Frau wegen Diebstahls anklagen sollte. In dieser Situation mussten wir den Mann seine Arbeit machen lassen. Wir konnten keine Magie einsetzen, um die Frau zur Rechenschaft zu ziehen, auch wenn ich fand, dass sie es verdient hätte.

»Also gut, angenommen, Harold kümmert sich um Darlene, was machen wir dann mit dieser Rosa?«, fragte Coral, die wie immer dafür sorgte, dass die Gruppe bei der Sache blieb.

»Ich wollte etwas nachsehen«, sagte meine Mom und verschwand außer Sichtweite in einem winzigen Zimmer, das ich erst ein einziges Mal gesehen hatte.

Sie kam mit einem Buch zurück, das sehr alt aussah. Sie legte es auf den Tisch neben die Truhe. Der Deckel der Truhe vibrierte in ihrer unmittelbaren Nähe.

Sie sah die Truhe an und schimpfte tatsächlich mit ihr. »Sei still. Wir kümmern uns gleich um dich.«

Ich unterdrückte ein Lachen. Sie hielt einer Holztruhe eine Standpauke. Jetzt hatte ich wirklich alles gesehen.

»Was suchst du, Mom?«, fragte ich, als ihre Finger über die Seiten des Buches fuhren.

»Da! Ich wusste doch, dass mir ihr Name bekannt vorkam!«

»Wessen Name?«, fragte Lila. »Ich dachte, ihr hättet Darlenes Familiennamen bereits im Buch gefunden.«

»Haben wir auch, aber das hier ist Rosas Familie. Die Herreras stammen ursprünglich nicht aus Lemon Bliss, aber sie haben sich für eine kurze Zeit hier niedergelassen, bevor sie weiterzogen. Ihr Name steht im Buch«, sagte sie aufgeregt. »Rosa ist eine Hexe!«

»Weiß sie das?«, fragte ich.

»Ich glaube nicht, aber es erklärt ihre natürliche Neigung, die Truhe zu beschützen. Sie ist eine Hüterin«, erklärte meine Mutter mit einem breiten Lächeln im Gesicht.

»Wie kann es sein, dass sie es nicht weiß?«, fragte Daphne, deren Skepsis unüberhörbar war.

»Genauso, wie du es nicht wusstest«, erinnerte Magnolia sie.

»Wow«, murmelte ich. »Bedeutet das, dass sie Teil unseres Zirkels ist?«

»Nein, ganz so einfach ist es nicht. Wir müssen erst noch ein bisschen mehr über sie herausfinden und sie dann natürlich fragen. Sie könnte sich entscheiden, diesen Teil von sich zu verleugnen«, antwortete meine Mutter.

Meine Mutter stand auf und die Truhe klapperte wieder. »Wollen wir etwas dagegen unternehmen?«, fragte ich und starrte auf den Deckel. »Es scheint gefährlich, sie einfach dort stehen zu lassen. Sie bettelt ja förmlich darum, von uns geöffnet zu werden.«

»Ja, das tut sie. Wir müssen eine andere Truhe als Ersatz für diese hier finden, damit niemand Fragen stellt«, sagte Coral, die von der vibrierenden Kiste sichtlich verzaubert schien.

»Woher?«, platzte Daphne heraus. »Das Ding ist uralt. Ich glaube kaum, dass noch so eine herumliegt.«

»Wir lassen eine Fälschung anfertigen. In der Zwischenzeit bewahren wir diese hier zur Sicherheit auf«, erwiderte Coral.

»Gabriel?«, schlug ich seinen Namen vor. Er war ein ausgezeichneter Tischler.

Alle sahen sich an. Fürs Erste waren sie mit mir einer Meinung.

»Ich rufe ihn sofort an«, sagte ich. »Lasst mich ein paar Fotos machen, die ich ihm schicken kann, damit er sie nachbauen kann.«

Ich beugte mich dicht über die Truhe, um die verzierten Holzarbeiten an der Vorderseite zu fotografieren. Ich war erstaunt über die Macht, die ich von der Holzkiste ausgehen spürte. Es war berauschend. Ich konnte die Verlockung verstehen, sie zu öffnen und diese Macht in sich aufzusaugen.

Gabriel willigte ein, die Truhe zu bauen. Er war zwar schon im Halbschlaf, versprach aber, früh aufzustehen, um daran zu arbeiten. Er meinte sogar, er könnte sie bis morgen Abend fertig haben.

»Also, wir nehmen die Truhe und geben sie Harold?«, fragte ich, um sicherzugehen, dass ich den Plan verstanden hatte.

»Nein, wir müssen dafür sorgen, dass er sie in ihrem Besitz findet«, stellte Coral klar.

»Aber George hat doch schon zugegeben, dass er sie hatte«, sagte ich, nicht um absichtlich ihren Plan zu durchkreuzen, aber wir mussten vorausschauend denken.

»Harold hat George nicht geglaubt. Lila hat ihn zwar überzeugt, sie abzuholen, aber sobald der Zauber gebrochen ist, wird er nicht mehr so geneigt sein, das zu tun. Sie muss ihn dazu überreden«, erklärte Coral.

Ich nickte verständnisvoll. »Okay, verstanden.«

»Coral wird zu Harold gehen und ihm erzählen, dass sie gesehen hat, wie Darlene eine seltsame Truhe getragen hat. Dann wird sich Lila daran erinnern, dass sie Darlene mit jemandem am Telefon darüber reden hörte, wie viel die Truhe wert sei. Wenn er sie dann befragt, wird er sie auf dem Rücksitz ihres Wagens finden«, sagte meine Mutter mit einem Lächeln im Gesicht. »Oh, ich wäre zu gerne Mäuschen, wenn sie merkt, dass sie aufgeflogen ist!«

Darüber lachten wir alle. Der Plan war nicht hieb- und stichfest, aber er war ein Anfang.

Ich schaute auf meine Uhr und sah, dass es schon fast ein Uhr nachts war. »Sind wir dann so weit fertig?«

»Ja. Wir kümmern uns darum, diese Truhe zu verstecken. Sie wird nie wieder in die falschen Hände geraten«, sagte Magnolia. »Das hätten wir von Anfang an tun sollen.«

Ich stimmte zu. Ich war froh, dass die Hälfte unserer Probleme gelöst war.

»Magnolia, möchten Sie hierbleiben, während ich diesen Zauber wirke?«, fragte Lila.

»Ja, bitte!«

Daphne und ich winkten zum Abschied und ließen die beiden zurück, um sich um die Details zu kümmern. Keine von uns wäre eine große Hilfe gewesen. Wir hatten nicht die Fähigkeiten, die sie besaßen. Meiner Meinung nach war es besser, etwas so Wichtiges wie das Verstecken des Bösen den Profis zu überlassen.

»Wir sehen uns morgen«, sagte ich zu Daphne. »In aller Frühe.«

»Erinnere mich nicht daran. Hoffentlich hast du morgen nicht zu starken Muskelkater.«

»Das will ich doch hoffen«, stöhnte ich bei dem Gedanken an einen langen Tag, an dem ich auf meinem schmerzenden Bein stehen müsste.

Als ich wieder zu Hause war, abgeschlossen hatte und ins Bett gekrochen war, war ich zu müde, um mir über Darlene oder irgendetwas anderes Sorgen zu machen.

KAPITEL ZWANZIG

Der nächste Morgen war ein holpriger Start für Daphne und mich. Ich hatte mit einer Menge blauer Flecken und einem schmerzenden Fuß zu kämpfen. Nicht gerade meine Sternstunde. Trotz der tiefen Ringe unter unseren Augen und meiner Schmerzen und Wehwehchen waren wir beide bester Laune. Der heutige Tag würde hoffentlich wochenlangem Stress und Sorgen ein Ende bereiten.

»Violet!«, rief Daphne mit einer Stimme, die mir einen Schauer über den Rücken jagte.

Ich ließ alles stehen und liegen und eilte nach vorne, um nachzusehen, was los war.

»Was?«

»Harold kommt und er sieht nicht glücklich aus.«

»Oh, Mist«, murmelte ich.

Er riss die Tür auf und kam mit langen Schritten auf die Theke zu.

»Guten Morgen, Sheriff!«, sagte Daphne mit aufgesetzter Fröhlichkeit in der Stimme. »Darf ich Ihnen Ihr Übliches bringen? Einen Schokoladenkeks?«

Er verzog den Mund. Plötzlich fragte ich mich, ob die Liebe zu den Schokoladenkeksen das Ergebnis von Lilas Liebeszauber war.

»Ja, das klingt gut«, sagte er mit rauer Stimme.

»Ich hole ihn«, sagte ich und sprang zur Vitrine.

»Viel zu tun?«, bohrte Daphne nach.

Er blickte finster. »Jep, ich habe eine heiße Spur, von der ich hoffe, dass sie mich in der Sache mit dem Museum zum Täter führt. Neulinge denken, sie können in meine Stadt kommen und Gesetze brechen. Da haben sie sich aber geschnitten.«

Ich verbarg mein Lächeln, als ich in die Vitrine griff. Daphne kassierte ihn ab, ich packte zwei Kekse in eine kleine Tüte und er war verschwunden.

Wir sahen uns an und grinsten wie die Honigkuchenpferde. »Er wird es tun!«, erklärte ich.

»Hoffentlich läuft alles nach Plan. Was, wenn er dorthin geht und die Truhe nicht an ihrem Platz ist?«

»Ich rufe sofort Gabriel an«, sagte ich und versuchte, nicht in Panik zu geraten.

Gabriel war früh aufgestanden und hatte sich direkt an die Arbeit an der Truhe gemacht. Er hatte vor, sie bis zum Nachmittag fertigzustellen. Ich wollte ihn nicht hetzen, aber sie war ein so wichtiger Teil des Plans.

»Das muss einfach klappen«, zischte Daphne, als ein anderer Kunde durch die Tür kam.

Ich ließ mich zurück in die Küche treiben, um wieder an die Arbeit zu gehen. Meine Gedanken waren woanders, was es schwierig machte, mich auf das Backen zu konzentrieren. Ich verbrannte mehrere Bleche Kekse und ließ einen ganzen Kuchen auf den Boden fallen.

»Violet!«, rief Daphne wieder von vorne.

Ich wischte mir die Hände an meiner Schürze ab und ging nach vorne, wo ich meine Mutter und Rosa fand, die an einem der Tische Platz nahmen.

»Was soll das denn?«, flüsterte ich.

Daphne zuckte mit den Schultern. »Anscheinend hat deine Mutter Rosa unter ihre Fittiche genommen.«

»Großartig«, murmelte ich. Obwohl ich die Freundlichkeit meiner Mutter zu schätzen wusste, machte ich mir Sorgen darüber, wie viel Rosa wusste. Ich schätzte, wir mussten einfach das Beste hoffen.

Ich ging zu ihrem Tisch und zog einen Stuhl heran, um mich zu ihnen zu setzen. Jede Ausrede, mein schmerzendes Bein hochzulegen, war willkommen.

»Was habt ihr zwei vor?«, fragte ich beiläufig.

»Ich bin vorbeigekommen, um zu sehen, wie es Rosa geht, und habe herausgefunden, dass Darlene sie bedroht«, verkündete meine Mutter.

»Bedroht? Wie?«

»Nachdem ihr Mädchen gestern Abend gegangen seid, haben die anderen und ich den Plan geändert. Wir waren der Meinung, es wäre besser, wenn es von jemand anderem kommt.«

»Was kam von jemand anderem?«

»Der Tipp. Es ist besser, so nah wie möglich an der Wahrheit zu bleiben. Rosa hat den Diebstahl beobachtet. Ich habe heute Morgen mit ihr gesprochen. Sie ist zu Harold gegangen und hat ihm alles erzählt. Harold hat Darlene befragt. Es hat nicht lange gedauert, bis Darlene herausgefunden hat, dass Rosa sie verraten hat.«

»Ach so«, sagte ich gedehnt und verstand die Drohungen. »Warum hat Harold sie nicht verhaftet?«

»Er ermittelt noch. Wir müssen diese Truhe besorgen«, erinnerte sie mich.

»Ich habe gerade mit Gabriel gesprochen. Er sagte, sie wäre bis heute Nachmittag fertig.«

»Gut. In der Zwischenzeit müssen wir Rosa in unserer Nähe behalten. Ich weiß nicht, wie gefährlich Darlene ist, aber wir können keine Risiken eingehen«, sagte meine Mutter.

Daphne stand am Tisch. »Droht sie tatsächlich, Ihnen wehzutun?«, fragte sie Rosa.

»Nicht wehtun, aber sie weiß, dass ich eine Hexe bin«, sagte Rosa.

Daphne und ich tauschten einen Blick. »Du hast es ihr erzählt?«, fragte ich meine Mutter.

»Natürlich habe ich es ihr erzählt. Sie muss es wissen, damit sie vorbereitet sein kann.«

»Oh. Sie scheinen es gut aufzunehmen«, sagte ich und blickte zu Rosa.

Sie lächelte. »Ich habe es immer vermutet. Ich wusste, dass meine Mutter sich für eine Hexe hielt, aber mein Vater hat mich von ihr weggebracht, als ich noch sehr klein war. Ich habe mich kaum an sie erinnert. Als ich alt genug war, habe ich sie aufgespürt, aber sie war schon Jahre zuvor gestorben. Ich hatte eine Tante, die mir einige Informationen gab, die mich schließlich hierher nach Lemon Bliss führten.«

»Sie hat den Ruf gespürt«, sagte meine Mutter mit einem wissenden Lächeln.

»Willkommen in Lemon Bliss«, sagte Daphne. »Ich meine, ich nehme an, Sie sind schon eine Weile hier, aber jetzt sind Sie eine von uns.«

»Wir gehen die Dinge Schritt für Schritt an«, sagte meine Mutter, eine versteckte Botschaft, den Zirkel für uns zu behalten.

»Wir sollten wieder an die Arbeit gehen«, sagte ich, stand auf und humpelte zurück in die Küche.

»Ich rufe an, wenn etwas Spannendes passiert«, sagte sie zu meinem Rücken.

Ich wusste, dass sie das tun würde. Ich machte mich wieder an die Arbeit und versuchte mein Bestes, mich auf das Backen zu konzentrieren, anstatt auf Magie und Drohungen, unser tiefstes, dunkelstes Geheimnis zu enthüllen.

Es war fast vier Uhr nachmittags und es gab keine Nachricht von einer Verhaftung. Ich ging nach vorne, um bei Daphne nachzufragen. Vielleicht hatte sie vergessen, es mir zu sagen. Natürlich wäre das verrückt, aber trotzdem.

»Gibt es Neuigkeiten?«, fragte ich.

»Nö. Glaubst du, Harold hat beschlossen, sie nicht anzuklagen?«

»Ich weiß nicht. Ich werde Gabriel anrufen und sehen, ob er die Truhe bei Coral abgeliefert hat. Ich habe das Gefühl, man lässt uns im Dunkeln tappen«, grummelte ich.

Ich rief Gabriel an, aber er ging nicht ran. Ich fing an, mir Sorgen zu machen, dass der Plan schiefgegangen war. Vielleicht hatte Darlene Harold erzählt, dass sie glaubte, wir wären alle Hexen. Was, wenn er alle anderen verhaftet hatte?

»Sobald wir zumachen, fahre ich zu meiner Mutter«, sagte ich.

»Ich habe meine Mutter mehrmals angerufen. Nichts. Ich sehe bei ihr nach, während du bei deiner Mutter nachsiehst. Vielleicht war Rosa eine Spionin.«

Bei dem Gedanken weiteten sich meine Augen. »Oh nein. Sie hat uns das alles vielleicht nur erzählt, damit wir zugeben, dass wir Hexen sind!«

Daphne nickte. »Sie könnte Gabriel und die anderen in eine Falle gelockt haben. Wenn er mit der gefälschten Truhe erwischt wird, wird Harold Darlene glauben!«

Mein Herz raste. »Wir müssen etwas unternehmen.«

Es war eine halbe Stunde vor Ladenschluss. In den letzten dreißig Minuten war kein einziger Kunde mehr gekommen.

»Ich mache ein Schild«, sagte Daphne, die offensichtlich meine Gedanken las.

»Ich schalte die Öfen aus.«

Ich raste durch die Küche und räumte alles in Rekordzeit weg. Fünf Minuten später verließen wir den Laden. Unser Plan war, uns aufzuteilen. Ich fuhr direkt zum Haus meiner Mutter, nur um es leer vorzufinden.

»Ist sie da?«, meldete sich Daphne am Telefon.

»Nein! Ist deine Mutter zu Hause?«

»Nein!«

»Okay, ich fahre bei Gabriel vorbei, du fährst bei Coral vorbei«, wies ich sie an, bevor ich auflegte.

Gabriels Truck stand nicht in der Einfahrt. Ich stieg trotzdem aus und klopfte an die Tür, nur für den Fall, dass er sich versteckt hielt.

Mein Telefon klingelte. Es war Daphne. »Irgendetwas?«, fragte ich.

»Nein! Was sollen wir tun? Sie sind einfach verschwunden!«

»Bei Lila?«

»Ich bin in der Nähe, ich sehe nach.«

Ich saß in Gabriels Einfahrt und wartete auf Daphnes Anruf. Ich wusste, dass sie nicht da sein würden. Etwas stimmte nicht. Mein Telefon klingelte erneut.

»Sag bloß, sie sind nicht da«, flüsterte ich.

»Nein.«

Schweigen hing zwischen uns durch die Telefonleitung. »Die Fabrik. Vielleicht verstecken sie sich in der Fabrik.«

»Ich treffe dich dort«, sagte Daphne und beendete das Gespräch.

Ich fuhr zu schnell, schrie aber beinahe vor Erleichterung und Wut auf, als ich die unzähligen Autos auf der Rückseite sah. Gabriels Truck war nicht dabei, aber zumindest hatten wir die restlichen Frauen gefunden.

Daphne parkte hinter mir. »Warum gehen sie nicht an ihre Telefone?«, sagte sie und stampfte wütend auf die Hintertür zu.

»Ich weiß es nicht, aber das werden wir gleich herausfinden.«

Wir gingen hinein, und ich konnte die Magie in der Luft spüren.

»Was tun sie da?«, zischte Daphne, als wir die Treppe hinuntergingen.

Ich konnte den Singsang hören und wusste, dass sie einen Zauber wirkten. Wir hielten am Fuß der Treppe inne und warteten, bis sie fertig waren. Sie standen im Kreis um den Couchtisch, die Hände aneinandergelegt. Ich wusste nicht, was für einen Zauber sie wirkten, aber ich wollte sie nicht mittendrin unterbrechen.

Nach ein paar Minuten ließen sie die Hände der anderen los und traten einen Schritt zurück.

»Kommt herein«, sagte meine Mutter und bedeutete uns, in den Sitzbereich zu kommen.

»Was haben Sie getan?«, fragte ich.

»Wir haben Darlenes Erinnerungen an uns und alles Hexische gelöscht«, sagte Coral ruhig.

»Äh, war das eine gute Idee?«, fragte ich. »Das Tintenfass ist immer noch da draußen und ich nehme an, Darlene wurde nicht verhaftet.«

»Sie sollte so ungefähr jetzt die Handschellen angelegt bekommen«, lächelte Lila.

Daphne ließ sich in einen Stuhl fallen. »Ihr habt uns zu Tode erschreckt! Warum habt ihr nicht auf eure Anrufe geantwortet?«

»Wir waren ein bisschen beschäftigt, meine Liebe. Grundkurs Zaubern, man geht nicht ans Telefon, während man einen Zauber wirkt«, belehrte Magnolia sie.

»Wo ist Gabriel?«, fragte ich, immer noch besorgt.

»Er hat Rosa mitgenommen, um die Truhe abzulegen. Rosa weiß, was für ein Auto Darlene fährt. Sie ist anscheinend auch wirklich gut darin, Schlösser auf die nicht-magische Weise zu knacken. Sobald sie die Truhe abgeliefert haben, soll Gabriel Rosa nach Hause bringen und bei ihr bleiben, bis wir wissen, dass Darlene weggesperrt ist. Wir mussten mit dem Zauber warten, bis der richtige Zeitpunkt gekommen war«, erklärte meine Mutter.

»Sie alle müssen an Ihren Kommunikationsfähigkeiten arbeiten«, murrte ich.

»Woher wissen Sie, dass Darlene verhaftet wird?«, fragte Daphne.

Lila zwinkerte. »Wir haben da so unsere Mittel und Wege.«

»Und der Zauber?«, fragte ich mich laut.

»Wir mussten sicherstellen, dass sie ihre Drohungen nicht wahr macht«, antwortete Magnolia.

»Also, es ist vorbei?«

»Da wäre noch die Sache mit dem Tintenfass«, erinnerte mich meine Mutter.

»Ich habe das Gefühl, es ist in diesem Postamt. Ich werde es holen«, verkündete ich, glücklich darüber, helfen zu können, alles zu einem guten, sauberen Ende zu bringen. »Ist die echte Truhe in Sicherheit?«

»Ja. Wenn Sie das Tintenfass holen, können wir seinen Zauber aufheben und es dem Museum zurückgeben, damit alle es sehen können«, sagte Coral.

»Willst du mitkommen?«, fragte ich Daphne.

Sie kicherte. »Na, aber sicher. Ich bin deine Komplizin. Einbrechen ist jetzt mein Ding.«

Wir verließen die Fabrik und fuhren am Crooked Coffee und dem Postamt vorbei. Der Truck des Sheriffs war nirgends zu sehen.

»Ich gehe rein und hole einen Kaffee, um sicherzugehen, dass das Postamt leer ist«, sagte Daphne.

Ich hielt das Auto an und ließ sie aussteigen, während ich noch einmal um den Block fuhr.

Sie sprang wieder ins Auto. »Die Luft ist rein. Tun wir's.«

Ich fuhr auf die Rückseite und parkte. Mit einer schnellen Handbewegung entriegelte ich die Tür mit meinen Kräften. Wir begannen, den Lagerraum zu durchwühlen.

»Gefunden!«, rief Daphne flüsternd, wenn das überhaupt möglich war.

Sie hielt das Tintenfass mit einem Grinsen im Gesicht hoch.

»Ich kann nicht glauben, dass sie das die ganze Zeit hatte«, murmelte ich.

»Lass uns von hier verschwinden. Wir bringen es zurück zur Fabrik und lassen die Mütter ihre Voodoo-Magie wirken, um es unschädlich zu machen.«

Kurze Zeit später kehrten wir mit dem Tintenfass in der Hand zur Fabrik zurück. Daphne und ich warteten, während sie alle Verzauberungen vom Tintenfass entfernten. Der Plan war, es zurück zum Postamt zu bringen und es gut sichtbar für jemanden liegen zu lassen, der es finden würde. Jeder in der Stadt wusste von den fehlenden Gegenständen aus dem Museum. Hoffentlich würde irgendein aufmerksamer Bürger es abgeben und der Frieden wäre wiederhergestellt. Wenn nicht, war es nicht so, als ob das Tintenfass eine Bedrohung darstellte. Es war mir egal. Es könnte auf jemandes Schreibtisch stehen, wenn er es wollte.

Ich war nur allzu froh, das alles hinter uns zu haben. Das Leben würde wieder zur Normalität zurückkehren. Ich konnte den Erfolg der Bäckerei und meine wachsende Beziehung zu Gabriel genießen. Ich freute mich auch darauf, meine Hexenübungen wieder aufzunehmen. Ich fühlte mich unfähig, und dieses Gefühl gefiel mir ganz und gar nicht. Ich wollte stark und mächtig sein und Vertrauen in mich und meine Gaben haben.

George Cannon war wütend und ein wenig verletzt. Er war wiederholt zu dem Diebstahl befragt worden, der im Museum stattgefunden hatte, und er hatte es satt. Es war nicht seine Schuld, dass der Sheriff seinen Hintern nicht hochbekommen hatte, um die Truhe von seiner Veranda abzuholen. Egal, wie oft er es sagte, niemand schien ihm zu glauben, dass er unschuldig war.

Anstatt abzuhängen und darauf zu warten, dass der Sheriff auftauchte und ihn zu Unrecht verhaftete, hatte er sich die letzten Tage in New Orleans verschanzt und Vorräte für eine echte übernatürliche Untersuchung besorgt. Er hatte Lemon Bliss gemieden, bis es sicher war zurückzukehren und die Gefahr, ins Gefängnis geschleppt zu werden, gebannt war.

Als Darlene Clayton schließlich wegen des Diebstahls verhaftet und angeklagt worden war, hatte er eine Entschuldigung erwartet. Dazu kam es nie. Die Leute in Lemon Bliss hielten ihn für einen Idioten. Er würde ihnen das Gegenteil beweisen, während er an seinem großen Durchbruch in der Welt der übernatürlichen Ermittlungen arbeitete. Er war jetzt ein Einzelkämpfer. Er würde den ganzen Ruhm ernten, so wie er es verdiente.

Er war auf einer Mission, um zu beweisen, dass sein verstorbener

Freund einer Sache auf der Spur gewesen war, während er gleichzeitig seinen eigenen Status in der Welt der übernatürlichen Ermittlungen erhöhte.

George parkte sein Auto vor dem Gebäude des Sheriffs und strich sein Hemd glatt, bevor er sich die Haare zurückstrich. Er warf einen Blick in den Rückspiegel und beschloss, dass er für die Rolle, die er gleich spielen würde, genau richtig aussah.

»Hallo, ich habe vorhin angerufen, weil ich jemanden besuchen möchte, den Sie hier festhalten«, sagte George zu der älteren Dame, die am Schreibtisch saß.

»Wir erlauben keine Besucher«, erwiderte sie.

»Ich habe das bereits mit dem Sheriff abgesprochen«, sagte George geschmeidig.

Die ältere Dame blickte auf ihren Schreibtisch, als ob die Antwort dort zu finden wäre. »Tja, mir hat er nichts gesagt. Wen wollen Sie denn sehen?«

»Darlene Clayton«, erwiderte George. »Ich bin ihr Anwalt«, log er.

»Sie soll heute im Laufe des Tages ins Bezirksgefängnis verlegt werden.«

George nickte, als ob er bereits von der Verlegung wüsste. Das tat er nicht, aber er war froh, dass er genau jetzt gekommen war. Er hatte absichtlich draußen gewartet, bis er den Sheriff wegfahren sah.

Darlene saß in einer der beiden Zellen in dem kleinen Gebäude.

»Hallo, Darlene«, sagte George mit gebieterischer Stimme.

Sie sah ihn an, als würde sie ihn nicht erkennen.

»Ich bin George Cannon, Ihr Anwalt«, sagte er mit leiser Stimme.

Sie legte den Kopf zur Seite, bevor sie langsam nickte.

»Kann ich eine Minute mit meiner Mandantin allein sein?«, fragte er und wandte sich an die Empfangsdame, die an jedem ihrer Worte hing.

»Na gut.«

Als die Empfangsdame den Bereich verlassen hatte, musterte George Darlene. »Was ist mit Ihnen passiert?«

»Was meinen Sie?«

»Sie wirken anders.«

Sie zuckte mit einer Schulter. »Ich bin im Gefängnis. Ich bin anders.«

»Haben Sie das Buch, von dem Sie mir erzählt haben, oder das Tintenfass?«, fragte er sie.

»Welches Buch? Welches Tintenfass?«, wiederholte sie mit verwirrtem Gesichtsausdruck.

»Sie sagten mir, Sie hätten ein magisches Tintenfass, das irgendwie verzaubert sei. Sie sagten auch, Sie hätten ein Buch, das meine Theorie über Lemon Bliss beweisen könnte«, erinnerte er sie.

Sie schüttelte den Kopf. »Ich weiß nicht, wovon Sie reden. Was über Lemon Bliss beweisen?«

George starrte die junge Frau an. Er konnte nicht sagen, ob sie ihre plötzliche Amnesie nur vortäuschte oder ob etwas sie wirklich hatte vergessen lassen, was sie ihm erzählt hatte.

Er räusperte sich, ein wenig nervös, seine nächsten Worte auszusprechen. »Sie haben mir gesagt, dass Sie wissen, dass in Lemon Bliss Hexen leben.«

Sie grinste. »Sie sind verrückt. Vielleicht sollten Sie hier eingesperrt werden anstatt ich.«

»Sie haben mir die Truhe gegeben! Sie sagten, sie hätte irgendeine Art von Macht!«

Sie legte den Kopf zur Seite. Seine Hoffnungen stiegen. Es sah so aus, als ob sie sich an etwas erinnerte. »Ich weiß nicht, wovon Sie reden.«

George warf die Hände in die Luft und knurrte. »Ich wusste, ich kann Ihnen nicht trauen!«

Er stampfte aus dem Gefängnis, wütend auf die Frau, die ihn an der Nase herumgeführt hatte. Er würde nicht aufgeben. Ihm kam eine Idee. Er drehte sich um und ging die Straße zurück zu der neuen kleinen Bäckerei in der Stadt. Er hatte keine konkreten Beweise, aber er konnte die Frau unter Druck setzen, von der er wusste, dass sie über die Vorgänge in Lemon Bliss Bescheid wusste.

»Hi«, begrüßte ihn die junge, quirlige Frau hinter dem Tresen, als er durch die Tür kam.

»Guten Morgen«, erwiderte er.

In dieser Bäckerei herrschte reges Treiben, was bedeutete, dass die

Leute plauderten und tratschten, ohne zu bemerken, dass er jedes ihrer Worte mitanhörte. Sein Plan war, zu schmeicheln und zu entwaffnen – und zwar sofort.

»Was kann ich für Sie tun?«, fragte die Frau, die ein Namensschild mit der Aufschrift Daphne trug, ein wenig munterer, als ihm lieb war.

»Ich hätte gern einen Blaubeermuffin und einen Kaffee, bitte.«

Die Frau musterte ihn ein wenig zu genau. Er sah den Augenblick, in dem sie erkannte, wer er war.

Ihre fröhliche Art änderte sich. Mit kaum einem Lächeln wurde ihm ein Muffin in die Hand gedrückt und eine Tasse Kaffee auf den Tresen geknallt.

Er lächelte. Sie mochte ihn nicht. Das taten nur wenige.

»Sonst noch etwas?«, fragte sie mit frostigem Ton.

»Nein, danke. Ich denke, ich setze mich dorthin und genieße mein Frühstück.«

Daphne nickte nur und wandte sich dem nächsten Kunden zu. Ihre Geschäftspartnerin hier in der Bäckerei besaß die Fabrik, in der sein Freund getötet worden war. Sie hatte ihn beschuldigt, die Truhe gestohlen zu haben, und hatte die Dreistigkeit besessen, tatsächlich zu seinem Haus zu kommen und es ihm ins Gesicht zu sagen. Er mochte sie nicht, und wenn seine Anwesenheit in ihrer Bäckerei sie irritierte, dann wäre seine Mission erfolgreich. Er beabsichtigte, sie zu bedrängen, bis sie zusammenbrach.

Während er saß und genoss, was er ungern zugab, ein wirklich guter Muffin war, kam die einzige Person durch die Tür, die ihm gegenüber irgendeine Freundlichkeit gezeigt hatte.

»George«, sagte Gabriel, als er ihn in der Ecke entdeckte.

»Gabriel, leisten Sie mir Gesellschaft bei einem schnellen Frühstück«, lud er ihn ein.

Er lächelte. Seine Pläne liefen perfekt.

Gabriel blickte zum Tresen und dann wieder zu George.

»Sicher, ich hole mir nur kurz etwas und bin dann sofort bei Ihnen«, antwortete er.

George beobachtete, wie das Mädchen am Tresen und Gabriel mit gedämpfter Stimme ein paar Worte wechselten. Er hatte das Gefühl, dass sie über ihn sprachen. Sollen sie doch reden, dachte er. In seiner

Vorstellung verbarg jeder, der in der Stadt Lemon Bliss lebte, die Wahrheit.

Als Gabriel ihm am Tisch gegenübersaß, war er freundlich genug, aber George blieb misstrauisch. Es lag in seiner Natur, alles und jeden infrage zu stellen.

»Ich habe gehört, die ganze Museumsgeschichte hat endlich ein Ende gefunden«, sagte George und versuchte, den anderen Mann ins Gespräch zu verwickeln.

»Das habe ich auch gehört. Es ist bedauerlich, dass die Frau versucht hat, Ihnen etwas anzuhängen. Kannten Sie sie?«

»Nein, nein. Ich habe sie ein paar Mal auf dem Postamt getroffen, aber mehr hatten wir nie miteinander zu tun«, log George.

Tatsächlich hatten sie viele Treffen gehabt. Darlene hatte ihn mit reichlich Informationen über die Leute in Lemon Bliss versorgt. Sie wollte ihm keine Namen nennen. Sie hatte versprochen, mehr preiszugeben, wenn er sie an dem Special, das er zusammenstellte, teilhaben ließe. Sie war auf Rache aus und er wollte Ruhm. Sie waren ein gutes Team gewesen.

Bis sie Mist gebaut hatte und verhaftet worden war.

»Nun, es scheint, als hätte sie so etwas schon öfter gemacht. Ich bin froh, dass der Sheriff sie aufspüren und hinter Gitter bringen konnte. So etwas brauchen wir hier in Lemon Bliss nicht«, sagte Gabriel.

»Ich bin nach Lemon Bliss gekommen, um meine Ermittlungen abzuschließen, aber ich habe den Ort und die Leute wirklich lieb gewonnen«, sagte George in seinem charmantesten Tonfall.

Gabriel musterte ihn genau, was George ein wenig verunsicherte.

»Ich hoffe, Sie verstehen, dass die Leute hier gerne ein ruhiges Leben führen. Ich hoffe, Sie werden das alles bei diesem neuen Special, dessen Ausstrahlung Sie planen, berücksichtigen. Wir legen hier Wert auf unsere Privatsphäre.«

George trank seinen Kaffee aus und stützte sich mit den Ellenbogen auf den Tisch. »Ich habe gesagt, dass ich Lemon Bliss mag, aber noch mehr mag ich es, die Wahrheit aufzudecken. Wenn die guten Leute, die hier in Lemon Bliss leben, eine Geschichte haben, die erzählt werden muss, beabsichtige ich, sie zu erzählen, mit oder ohne die Zustimmung der Stadt.«

Gabriel schüttelte langsam den Kopf. »Das ist wirklich schade, George. Ich hatte gehofft, wir könnten Freunde werden.«

George stand auf und zuckte mit den Schultern. »Ich brauche nicht wirklich Freunde. Ich brauche den Respekt und die Anerkennung, die mit dem Ruf eines renommierten Ermittlers für Übernatürliches einhergehen. Ob Sie es glauben oder nicht, Ihre kleine Stadt und Ihre Freunde werden mir das verschaffen, was ich will.«

Als George zur Tür ging, spürte er Blicke auf sich. Er drehte sich um und sah Violet Broussard neben ihrer Freundin hinter dem Tresen stehen. Er warf ihnen einen wütenden Blick zu. Sie hatten ein Geheimnis und er würde es aufdecken.

George fuhr zurück zu dem alten Bauernhaus, das er gemietet hatte, und zog sein Notizbuch heraus. Darlene hatte ihm reichlich Informationen gegeben. Er hatte fleißig daran gearbeitet, allem nachzugehen. Die Frau war nicht ganz bei Trost gewesen, aber sie war an etwas dran gewesen. Die Gegenstände, die sie aus dem Museum stibitzt hatte, hatten eine Geschichte, und die hatte nichts mit ihrem Alter zu tun.

Er wusste, dass diese Truhe etwas Besonderes war. Er hatte es gespürt. Als er versuchte, sie aufzubrechen, hatte sich sein Verdacht bestätigt.

Er schlug das Notizbuch zu, steckte es in seine Gesäßtasche, schnappte sich sein Handy und ging zur Tür hinaus. Es war Zeit, mal richtig nachzuforschen.

George fuhr um die riesige Fabrik herum und vergewisserte sich, dass sie leer war. Diese Violet dachte, sie wäre so schlau, weil sie die Seitentür abgeschlossen hatte. Er kannte einen anderen Weg hinein. Nachdem er nach links und dann nach rechts geschaut hatte, stieß er die große Holzkabeltrommel um, die gegen eine Wand geschoben worden war. Er kletterte darauf und drückte das altmodische Fenster auf.

So hatten er und Dale sich Zutritt verschafft, bis es ihnen gelungen war, das Schloss an der Seitentür aufzubrechen. Im Inneren der Fabrik staubte er sich ab und sah sich um. Zuerst ging er in den vierten Stock.

Sie hatten in einem der Büros Ausrüstung zurückgelassen. Er hoffte, sie wäre noch da. Es war an der Zeit, den Ort wieder zu überwachen, aber dieses Mal würde er weitaus vorsichtiger sein. Die Frauen würden nie erfahren, dass er sie beobachtete.

George erkundete den vierten Stock und machte mit der Kamera seines Handys Fotos, bevor er in den dritten Stock hinabstieg. Als er das Erdgeschoss erreichte, wusste er bereits, wo er die Kameras platzieren würde.

Er ging durch das Erdgeschoss und suchte nach etwas. Er wusste nicht wonach, aber er wusste, dass es hier etwas gab, das Dale angezogen hatte. Dale war in solchen Dingen immer besser. Er hatte einen Instinkt, etwas, von dem George wusste, dass es ihm fehlte.

Es spielte keine Rolle. Er würde es durch den Einsatz von Technologie und Herumschnüffeln herausfinden. Hauptsache, es führte zum Ziel. Er war ein wenig enttäuscht, dass er nichts gefunden hatte, aber er würde nicht aufgeben. Hier gab es etwas. Er würde es finden.

————

Wenn du Updates zu meinen neuen Veröffentlichungen und anderen Neuigkeiten erhalten möchtest, melde dich für meinen Newsletter an: subscribepage.io/sTrNBG

Für mehr Spaß mit den Hexen in Lemon Bliss, blättere um für eine exklusive Leseprobe aus Witch is When it Gets Crazy, dem nächsten Buch der Lemon-Tea-Reihe.

KAPITEL 1

Das Stimmengewirr von jenseits der Küchentür drang bis in die Backstube. Das Geschäft brummte, und ich war begeistert. Lemon Bliss war nicht gerade eine boomende Stadt, aber ich wollte das Risiko eingehen, weil ich eine realistische Möglichkeit brauchte, in Lemon Bliss zu bleiben, und meine beste Freundin Daphne war eine große Befürworterin der Idee. Ganz zu schweigen davon, dass sie meine Geschäftspartnerin war. Lemon Bliss war gerade groß genug, um genügend Leute zu haben, die uns auf Trab hielten. Es half auch, dass wir die einzige Bäckerei der Stadt waren.

»Violet?«, rief Patty, meine neueste Mitarbeiterin, von vorne meinen Namen.

Daphne hatte heute frei, worauf wir uns geeinigt hatten, dass wir es beide verdient hatten. Wir näherten uns dem sechsten Monat, in dem die Bäckerei sowohl geöffnet war *als auch* schwarze Zahlen schrieb. Es war an der Zeit, Personal einzustellen und die Früchte unserer Arbeit zu genießen. Da Daphne heute frei hatte, hieß das, ich war dran. Ehrlich gesagt war ich immer im Dienst, selbst wenn ich behauptete, mir einen Tag freizunehmen.

»Komme schon«, rief ich und holte schnell die Kekse aus dem Ofen, bevor ich nach vorne eilte. Patty war neu und neigte dazu, in Panik zu geraten, wenn sie mehr als ein paar Leute in der Schlange sah.

Als ich nach vorne ging, sah ich, dass der Gastraum voll war und mehrere Leute an der Kasse anstanden. Ich war überrascht, dass Patty so lange gewartet hatte, um mich um Hilfe zu rufen. Während ich die Kunden überflog, fiel mein Blick auf meine Mutter. Sie sah nicht glücklich aus, ihre Lippen waren zu einem schmalen Strich zusammengepresst und sie hatte die Arme verschränkt, während sie mit dem Fuß aufstampfte.

Innerlich stöhnte ich und hoffte, dass es nicht schon wieder eine Katastrophe gab, die meine sofortige Aufmerksamkeit erforderte. Seit ich wieder in Lemon Bliss war, fühlte es sich an, als hätte es eine Krise nach der anderen gegeben. In den letzten paar Monaten war es friedlich gewesen, und ich hatte gehofft, auf dem Weg zu einem ruhigeren Leben zu sein.

Ein Blick auf meine Mutter und meine Sinne begannen zu kribbeln und kündigten an, dass die Vorstellung von Frieden mir gleich um die Ohren fliegen würde. Ich wusste es einfach. Als sie mich durch die Schwingtür nach vorne kommen sah, machte sie sich auf den Weg zur Theke.

»Einen Augenblick, Mom«, rief ich und widmete meine Aufmerksamkeit der Schlange.

Nachdem wir alle an der Schlange bedient hatten, deutete ich meiner Mom, mir in die Küche zu folgen. Ich wollte nicht, dass die ganze Bäckerei von unserem neuesten Problem erfuhr.

»Patty, rufen Sie, wenn Sie mich brauchen«, sagte ich zu ihr und achtete darauf, dass die Küchentür hinter uns schloss. Meine Mutter begann vor meinem Arbeitstisch auf und ab zu gehen und rang dabei die Hände. Ihre Bettelarmbänder klimperten leise bei der Bewegung.

»Oh, Violet. Wir haben ein Problem«, sagte sie, als sie an mir vorbeiging.

»Was ist denn jetzt schon wieder, Mom? Fehlt etwas? Ist jemand gestorben? Was? Was könnte so schlimm sein?«, fragte ich und unterdrückte meine Frustration. Ich wollte *wirklich* ein normales Leben.

Aber seit ich erfahren hatte, dass ich eine Hexe war, schien Normalität schwer zu finden zu sein.

Sie hörte auf, auf und ab zu gehen, und heftete ihren Blick auf mich. »Jemand ist gestorben, Violet, und das ist nicht im Geringsten lustig.«

Panik und Sorge überkamen mich. »Wer?!«, rief ich aus, mein Herz raste.

»Wir kannten ihn nicht besonders gut, aber ich wusste *von* ihm. Dass er so jung war, ist das Schreckliche. Und die Tatsache, dass sein Tod mehr Ärger für uns alle bedeutet.«

»Wer?«, fragte ich, meine Stimme war vor Frustration schrill. »Wer ist gestorben?«

»Harry.«

»Wer?«, fragte ich, blinzelte und versuchte schnell, dem Namen ein Gesicht zuzuordnen.

»Harry. Er hat mit diesem furchtbaren Mann, George, zusammengearbeitet«, sagte meine Mutter mit verzogenem Mund.

Meine Mutter mochte George überhaupt *nicht*, aber das tat ich auch nicht. George war der Ermittler für Übernatürliches, der es seit Monaten auf uns abgesehen hatte. Er wollte einfach nicht von der Vorstellung ablassen, dass er die übernatürlichen Geheimnisse in Lemon Bliss aufdecken könnte. Da wir Hexen waren, die ihre Existenz unbedingt geheim halten wollten, stießen wir immer wieder mit seiner aggressiven Neugier zusammen.

»Wie ist Harry gestorben?«, stellte ich die nächste naheliegende Frage. Ich hatte immer noch nicht verstanden, warum meine Mutter sich Sorgen machte, abgesehen von der allgemeinen Anteilnahme, wenn jemand stirbt.

»Violet, du verstehst das nicht. Harry war einer der Ermittler für Übernatürliches. In der Stadt kursieren Gerüchte, dass Harry gestorben ist, nachdem er gestern Abend die Fabrik besucht hat.«

Ich unterdrückte einen Fluch. »Was?! Warum war er in der Fabrik? Warum gehen die da ständig hin? Warum können sie nicht einfach fernbleiben? Das ist Privatbesitz und gehört mir. Niemand hat die Erlaubnis, dort zu sein. Ist er dort gestorben?«

Ein verdächtiger Tod in der verlassenen Zitronentee-Fabrik, die mir meine Großmutter vermacht hatte, hatte mich ursprünglich nach Lemon Bliss zurückgebracht. Ach du grüne Neune! Wenn dort noch jemand sterben würde, wäre es noch schwieriger, den Verdacht von den Hexen abzulenken.

»Ich habe keine Ahnung, ob Harry wirklich dort war, aber das ist es, was die Leute erzählen. Soweit ich das beurteilen kann, wurde er heute Morgen tot in seinem Haus aufgefunden, also muss er nicht in der Fabrik gestorben sein. Ich dachte, du solltest es sofort wissen. Es ist einfach schrecklich.«

Ich lehnte meine Hüften gegen den Tisch, der durch die Mitte der Küche lief, und seufzte. »Wow. Ich kann das nicht glauben. Dass noch ein Ermittler für Übernatürliches tot aufgefunden wird, ist einfach nur verdammt seltsam.«

Meine Mutter lehnte sich neben mir an den Tisch. »Ich weiß. Obwohl der erste Tod ein Unfall war, hat er nur die Aufmerksamkeit auf die alte Fabrik gelenkt. Und George! Mein Gott, dieser Mann lässt einfach nicht locker. Anscheinend hat er ein paar Freunde mitgebracht, die ebenfalls Ermittler für Übernatürliches sind. Und natürlich ist die Fabrik der Mittelpunkt seiner Untersuchung. Ich schätze, deshalb war Harry letzte Nacht in der Fabrik. Sie müssen sich wieder hineinschleichen.«

»Mom, wann hast du gehört, dass George die Fabrik wieder untersucht?«, fragte ich und blickte zu ihr.

Sie holte tief Luft. »George hat Dales Sohn hergebracht, um die Arbeit seines Vaters fortzusetzen.«

»Dale?«

»Der Mann, der vor fast sechs Monaten in der Fabrik gestorben ist«, sagte sie, als wäre ich eine Idiotin.

»Oh, stimmt. Entschuldigung, ich habe nicht nachgedacht.«

»Wie auch immer, Dale Junior hat seinen Kumpel von der Uni, Harry, und Stan mitgebracht. Anscheinend hat Stan früher mit Dale Senior zusammengearbeitet. Die Männer haben an dieser blöden Untersuchung gearbeitet. Die Damen und ich haben die Sache so gut es ging im Auge behalten, ohne dabei aufzufallen«, erklärte sie. »Ich wollte es dir gegenüber nicht erwähnen, weil ich nicht wollte, dass du dir Sorgen machst. Wir dachten, irgendwann würden sie die Lust verlieren und weiterziehen. Und jetzt taucht noch jemand tot auf. Was für ein Schlamassel.«

Ich seufzte und drehte meinen Kopf von einer Seite zur anderen, um die aufkommende Spannung in meinem Nacken zu lösen.

»Jedenfalls hat mich heute Morgen die Polizei angerufen«, fügte sie hinzu.

»Warum haben sie dich angerufen?«

»Weil sie dich nicht erreichen konnten.«

»Okay, warum haben sie versucht, mich anzurufen?«

Sie stieß einen langen, schweren Seufzer aus. »Weil George ihnen erzählt hat, dass sie in der Fabrik waren, und meinte, er glaubt, dass Harry dort etwas zugestoßen ist. Natürlich ist es der Polizei egal, dass diese Männer nach Belieben eingebrochen sind und Hausfriedensbruch begangen haben. Aber sie nehmen nur zu gerne an, dass etwas Finsteres passiert ist, obwohl Harry nicht wirklich in der Fabrik gestorben ist«, sagte sie in einem patzigen Ton.

»Ich kann nicht für jede Kleinigkeit verantwortlich sein, die hier passiert, und du auch nicht. Das wird langsam echt alt!«

»Tut mir leid, meine Liebe. Ich weiß, das ist nicht das, was du erwartet hast, als du wieder nach Hause gezogen bist.«

»Ich habe das Gefühl, das wird der neue Normalzustand. Wenn ich diese Geisterjäger nur davon abhalten könnte, sich in die Fabrik zu schleichen. Ihre albernen Ermittlungen sind mir egal, aber um Himmels willen, sie sollten nicht einbrechen! Alle zwei oder drei Monate wird jemand etwas tun, das unseren Zirkel bedroht. Mom, bist du sicher, dass diese ganze Hexensache den ganzen Ärger wirklich wert ist?«, fragte ich leise.

»Ja. Wir können nicht ändern, wer wir sind, selbst wenn wir es wollten. Wir müssen unser Geheimnis schützen, und das ist es, was wir alle seit Jahrzehnten tun und auch weiterhin tun werden. Jetzt aber musst du sofort mit dem Sheriff reden. Ich weiß nicht, ob Harold die Fragen stellen wird oder jemand anderes.«

»Ich bin bei der Arbeit, Mom. Ich kann nicht einfach alles stehen und liegen lassen und Patty allein lassen.«

»Ich könnte hierbleiben«, bot sie an.

Ich verkniff mir ein Lachen. Ich war mir nicht sicher, ob das ihre

Absicht war, aber die Vorstellung war lächerlich. »Ich rufe Daphne an«, sagte ich resigniert.

»Es tut mir leid, dir das aufzubürden, Violet. Ich verspreche dir, die jüngsten Ereignisse sind nicht die Norm. Es liegt an diesem George. Sobald wir herausfinden, wie wir ihn loswerden können, sind unsere Sorgen vorbei«, sagte sie.

Als ob es so einfach wäre. Das bezweifelte ich ernsthaft.

Ich stieß mich vom Tresen ab und ging nach hinten, um meine Handtasche und mein Handy zu holen. Als ich mich umdrehte, um sie anzusehen, begann mein Spinnensinn wieder zu kribbeln. »Mom, was hast du vor?«, fragte ich.

Sie zuckte mit den Schultern. »Ach, du meine Güte! Du gehst immer vom Schlimmsten aus. Ich denke nur nach.«

Damit verließ sie die Küche. Ich blieb stehen und atmete tief durch. Die Dinge wurden seltsam. Na ja, sie waren schon mehr als seltsam gewesen. Konnte es wirklich ein Zufall sein, dass diese beiden Männer nach einem Besuch in der Fabrik gestorben waren? Der Fabrik, die an dem Ort errichtet wurde, an dem sich seit ein paar Jahrhunderten der Zirkel traf. Ich hatte schon früher meine Vermutungen gehabt, aber ich hatte mich sehr bemüht, sie zu ignorieren.

»Auf keinen Fall, Violet. Das ist kein Zufall«, murmelte ich in die leere Küche.

Ich musste anfangen, der Realität ins Auge zu sehen. Etwas stimmte in Lemon Bliss nicht, und ich begann mich zu fragen, ob es das jemals wieder tun würde. Es fühlte sich jedenfalls nicht so an.

Ich fischte mein Handy aus der Handtasche und rief Daphne an. So viel zu ihrem freien Tag. Ich hasste es, sie zu stören, aber ich musste sofort mit Harold reden. Daphne verstand meine missliche Lage und versprach, sofort zu kommen.

Innerhalb weniger Minuten rauschte sie durch die Hintertür in die Küche. »Hey, erzähl mir alles. Muss ich meine Koffer packen? Sind wir auf der Flucht?«, fragte sie zur Begrüßung.

Ich verdrehte die Augen. »Nein, es sei denn, du willst mir etwas sagen«, sagte ich und zog eine Augenbraue hoch.

Sie schnaubte. »Ich bin mir nicht mal sicher, was ich angeblich getan habe. Also, was ist passiert? Noch ein Toter in der Fabrik? Ich kann es gar nicht fassen.«

Ich schüttelte den Kopf. »Tatsächlich nicht in der Fabrik, aber seine Kumpel haben der Polizei erzählt, dass er in der Fabrik war und kurz darauf tot umgefallen ist.«

Sie stieß einen langen Seufzer aus. »Und die Polizei will mit dir reden, um herauszufinden, ob du diesen Kerl irgendwie magisch umgebracht hast, nur weil er Hausfriedensbruch auf dem Fabrikgelände begangen hat?«

Ich nickte. »Klingt ziemlich treffend.«

»Bereust du es jemals, zurückgezogen zu sein?«, fragte sie leise.

Ich nahm mir ein paar Sekunden Zeit, um darüber nachzudenken. »Nein. Ich bedauere, dass zwei Menschen gestorben sind, aber ich habe das Gefühl, diese Tode wären passiert, ob ich hier gewesen wäre oder nicht.«

»Technisch gesehen warst du beim ersten nicht hier.«

»Stimmt, aber es tut mir leid, dass der Mann gestorben ist, besonders auf meinem Grundstück. Was ich auch bedauere, ist, dass ich die Fabrik nicht besser gesichert habe. Man sollte meinen, sie würden ihre Lektion lernen. Ich meine, wenn sie wirklich glauben, dass es in der Fabrik spukt und schlimme Dinge passieren, wenn sie dorthin gehen, warum gehen sie dann immer wieder zurück?«, fragte ich.

Daphne lachte. »So wahr. Einerseits behaupten sie immer wieder, die Fabrik würde ihnen den übernatürlichen Knüller des Jahrhunderts liefern, und andererseits begeben sie sich immer wieder in Gefahr an einem Ort, von dem sie behaupten, er sei gefährlich.« Sie hielt inne, ihr Blick wurde ernst. »Aber mal ehrlich, wenn er nicht dort gestorben ist, wird sich das sicher aufklären. Es hatte nichts mit dir zu tun, also werden sie das schon herausfinden.«

»Hoffen wir es mal. Wie auch immer, ich sollte besser dorthin gehen. Es tut mir so leid, dass ich dich an deinem freien Tag herbitten musste. Ich arbeite an meinem freien Tag für dich.«

»Mach dir keine Sorgen, Violet. Ich habe sowieso nichts zu tun gehabt. Ich hoffe aber, du hast schon viel gebacken. Du weißt ja, dass ich hier hinten nicht so gut bin«, sagte sie mit einem wehmütigen Lächeln.

Backen war nicht Daphnes Beitrag zum Geschäft. »Alles ist fertig. Du solltest genug Vorrat haben, um über den Rest des Tages zu kommen. Wenn nicht, sag einfach, wir sind ausverkauft«, sagte ich mit einem schwachen Lächeln.

»Oder sie könnten einfach gehen«, witzelte sie.

»Darum kümmern wir uns später. Sorgen wir erst mal dafür, dass wir nicht ins Gefängnis kommen.«

Ihre Augen verengten sich, als sie wieder ernst wurde und näher an mich herantrat. »Glaubst du, es war eine von ihnen?«

Ich wusste genau, von wem sie sprach, denn ich hatte genau denselben Gedanken gehabt. Ich hasste mich dafür, aber es schien immer einen gemeinsamen Nenner zu geben – meine Mutter und ihre Freundinnen, von denen eine Daphnes Mutter war. Die Mitglieder unseres Zirkels standen irgendwie im Mittelpunkt eines weiteren Verbrechens.

»Ich weiß es nicht, Daphne. Ich will nicht glauben, dass sie irgendetwas damit zu tun haben könnten, aber wir wissen, wie sehr sie diese Fabrik beschützen.«

»Okay, wir kümmern uns also um diese neueste Krise, und was dann? Müssen wir jetzt ständig irgendwelche Brände löschen, wenn wir am wenigsten damit rechnen? Warum müssen wir diese blöde Fabrik überhaupt benutzen? Du hast doch eine Versicherung dafür, oder?«

Mir gefiel nicht, worauf sie mit dieser Frage hinauswollte. »Klar habe ich die.«

»Dann brennen wir sie eben bis auf die Grundmauern nieder«, sagte sie ganz sachlich.

Ich lachte, verstummte aber schnell, als ich merkte, dass sie es ernst meinte. »Nein! Daphne, komm nicht auf solche Gedanken. Wenn diese Fabrik brennt, bist du die Erste, die ich mir vornehme«, warnte ich sie.

Sie zuckte mit den Schultern. »Ich sag ja nur, sie scheint die Wurzel all unserer Probleme zu sein.«

»Du kannst doch nicht ein Gebäude für das verantwortlich machen, was Menschen tun.«

»Schon gut. Geh und tu, was du tun musst. Ich halte hier die Stellung. Sei vorsichtig, Violet. Ich habe das Gefühl, dass du wieder unter Verdacht geraten wirst.«

»Ich weiß, und das werde ich sein. Ich rufe dich an, wenn ich etwas herausfinde. Danke, Daphne.«

Mit einem Winken schnappte ich mir schnell meine Handtasche und ging.

Copyright © 2025 Lucy May; Alle Rechte vorbehalten.

1-Klick : Witch is When it Gets Crazy

Wenn du Updates über meine neuen Veröffentlichungen und andere Neuigkeiten erhalten möchtest, melde dich für meinen Newsletter an: subscribepage.io/sTrNBG

The Great Maple Caper
Oopsy Daisy
Siren Song Gone Wrong
Pumpkin Patch Murder
This Good Witch Mystery Series
Wish Upon A Witch
A Stormy Spell
A Stitch of Magic
Bee Charmed

www.ingramcontent.com/pod-product-compliance
Lightning Source LLC
Chambersburg PA
CBHW072132300726
48975CB00003B/1036